花山鸿儒文库

第一辑·小说卷

远 人 著

兜了个圈子

花山文艺出版社

河北·石家庄

图书在版编目（CIP）数据

兜了个圈子 / 远人著. -- 石家庄 ： 花山文艺出版
社，2020.6（2022.1重印）
ISBN 978-7-5511-0277-3

Ⅰ．①兜… Ⅱ．①远… Ⅲ．①中篇小说－小说集－中
国－当代②短篇小说－小说集－中国－当代 Ⅳ.
①I247.7

中国版本图书馆CIP数据核字(2020)第008636号

书　　名：**兜了个圈子**
　　　　　DOU LE GE QUANZI

著　　者：远　人

责任编辑：刘燕军
责任校对：李　伟
美术编辑：胡彤亮
封面设计：琥珀视觉
出版发行：花山文艺出版社（邮政编码：050061）
　　　　　（河北省石家庄市友谊北大街330号）
销售热线：0311-88643221/29/31/32/26
传　　真：0311-88643225
印　　刷：三河市华东印刷有限公司
经　　销：新华书店
开　　本：650×940　1/16
印　　张：14
字　　数：170千字
版　　次：2020年6月第1版
　　　　　2022年1月第2次印刷
书　　号：ISBN 978-7-5511-0277-3
定　　价：48.00元

目录

圆形平底勺

　　整个小学，我只去过孙小权家里一次，什么原因忘记了，我只记得他住的宿舍有两层楼。那楼房从外面看上去就摇摇欲坠，街外都是东一堆西一堆的垃圾，好像住在楼房里面的人都不愿意跑垃圾站，就随手扔门外了。楼房一进去，劈面便是黑漆漆一团，长长的过道顶端只有一盏瓦数不高的白炽灯，灯上面布满油烟，也不知道多久没擦了，过道两边的墙壁和天花板也早被熏成一片灰暗，油迹斑驳。只是过道还算宽，这就使过道两边的住户将这里当成得天独厚的厨房了，那些煤炉灶台连成一线，孙小权家的厨房也在这里。

　　我得赶紧说，孙小权不是我们的朋友，虽然他是班上的副班长。对一个炸葱油饼的儿子来说，能够当上副班长，是因为他成绩拔尖。也正因为他成绩拔尖，就不可能是我们一伙的了，我、猴子、黑皮三人是班上最热衷寻衅滋事的。孙小权似乎没和什么同学有很多的往来，因为他除了成绩好外，其他突出的就是一年也难得见他穿件新衣。不过，像所有的学校一样，老师喜欢的学生永远是书读得认真的，孙小权恰好是那一类。在我们眼里，孙小权是不值得交往的，他不大喜欢说话。一个只喜欢读书的人，肯定是我们不喜欢的。我记得我们甚至取笑过他的名字。孙小权？为什么不直接叫孙权？但孙权是让我们轻视的，因为他打不过曹操，也打不过刘备。孙小权又能打过谁？

　　孙小权每天早上都起得早。这倒不是他勤奋得每天都要晨读，而是他每天早上要帮他爸爸将那些炸葱油饼的灶台、油锅、米粉桶等工具都搬到我们学校附近的一个米粉店前。做好那些准备工作之后，他爸爸就开始炸葱油饼了，孙小权也就去学校了。有好几次，我们因为起得算早，亲眼看见过孙小权帮他爸爸摆好那些东西。我记得很清楚，当我们看见时，觉得孙小权比我们真是累多了，同时我还记得，孙小权看见我们时，眼神有点尴尬，好像这些事不应该被我们看见。孙小权爸爸知道我们是他儿子的同学，就对我们笑笑，出于礼貌，我会叫一声孙伯伯，猴子不叫他，黑皮也跟着猴子不叫。

　　我们每天都会和孙伯伯打交道，因为我们都是以孙伯伯炸的葱油饼为早餐。孙伯伯满脸黝黑，但不像是本来皮肤就黑，而是被油锅里升起的油烟熏黑的。不过他手上的动作熟练，在旁边桶子里一舀，左手的平底勺就舀出一勺兑水的带葱米粉，右手的勺子跟过去，将那团稀稀的米粉四下匀开，那个平底勺里面的米粉就粘满整个圆形勺面了，然后，他右手的勺子再在米粉中心刮出个空心，平底勺就入油锅了。

　　油锅里的油本就烧得滚烫，平底勺一进入，油面就"哧"地一响，平底勺里面的米粉开始鼓了起来。没过几秒，孙伯伯将平底勺往油锅里一沉，上面的米粉就脱离勺面，在油锅里一起一伏地变得焦黄。孙伯伯右手的勺子已经换成一把火钳，他将那块焦黄的东西夹住，翻过来再炸，又再翻回去，不消几个回合，炸熟的米粉就可以起锅了。起锅之后，米粉就正式更名为葱油饼了。

我后来无数次回想，如果我们每天早上就这么吃孙伯伯的葱油饼，事情就不会发生了。但前因后果并不这么简单，我就先说另外一件事。

在我们宿舍对面，是一家粮油公司。半年前，粮油公司出过一件让不少街坊都去围观的小事——食堂青工屈强戴着手铐从公司大门被押出。据说他是监守自盗，偷了食堂的两百七十块饭票。他受了什么样的惩罚我不知道，我知道的是，他在我们那个寒假时出狱了。我们第一次在街上遇见他时，他理了个光头，他还认识我们，尤其是猴子。在我们街上，猴子打架是出了名的，所以很多人都认识他。我看见屈强的光头有点怕，毕竟在我眼里，这是个坐过牢的人，但屈强对我们居然很和善地笑了笑，还顺手拍了猴子的肩膀一下，猴子大咧咧地和他说了几句话，我现在不记得是什么话了。

寒假还没结束，我们就看见屈强居然也和孙小权的爸爸一样，架起了一个炸葱油饼的摊点，不论是他的工具还是他的动作，都和孙伯伯一样。他的摊点就在粮油公司墙角，据说，粮油公司的领导都怕他，所以同意他在公司墙角摆个摊点，但按屈强的话来说，他现在改邪归正了。

因为是寒假，我们的早饭基本上就是在家里吃了，不过也有那么几次，我们去吃过屈强炸的葱油饼。我们一吃之下，觉得屈强炸的葱油饼比孙伯伯炸的更焦脆、更好吃。可能是这个原因，也可能是他的摊点就在我们宿舍对面，我们出门就能吃到，所以到开学之后，我们就非常自然地到屈强的摊点来买他炸的葱油饼了。

孙伯伯的摊点在我们学校附近，我们上学都要从那里经过，所以，在开学第二天，孙伯伯就看见我们嚼着葱油饼从他面前过去，他眼睛奇怪地闪了闪，说了句："小军啊，怎么没到孙伯伯这里来买啊？"

这个问题我们倒是没怎么去想，我就告诉孙伯伯，在我们宿舍外面，也有一个葱油饼摊点，我们就在那里买了。孙伯伯"哦"了一声，没有再说什么。在他的摊点前，照样围着几个学生，他们也在买葱油饼，我们没再去看，就到学校里去了。

事情是从第二天开始的。

当我们又嚼着从屈强摊点买的葱油饼到学校后，孙小权走了过来。那是第一节课间休息。他走到我面前，说话声里有种我没领教过的热情："小军，我昨天帮陶老师检查了你的数学寒假作业，你基本上都做对了。"

我因为始料不及，居然有点受宠若惊地回答："真的？我都做对了？"

"是啊，你都做对了。"

"那我也都做对了吧？"在一旁的猴子说。

"你也做对了。"孙小权说。

我和猴子互相望一望。我们当然会对在一起，因为猴子的每道题都是抄我的答案。

"小军，"孙小权继续说下去，说的却不是寒假作业了，"你们早上又是在粮油公司那里买的葱油饼？"

猴子很机灵，抢过回答说："是啊，我们不到你爸爸那里买了。"

"为什么呀？"孙小权说，"我爸爸的葱油饼都炸好多年了，班上的一半同学都是在他那里买的。"

我觉得事情有点奇怪，不就是几个葱油饼嘛，孙小权说得这么兴师动众干什么？

"我爸爸说了，"孙小权摊开底牌，"我爸爸想你们继续买他炸的葱油饼。"

这个条件很容易满足，我们答应了。孙小权走开了。成绩好的和成绩差的，不会玩到一起。

大概是孙小权说的事情太小，我们转眼就忘了个干干净净。第二天早上一出门，照样在屈强的摊点上买。我们都没想到，孙小权可是把事情记得很牢，当他发现我们没有在他爸爸那个摊点买时，就开始责备我们了。

"你们昨天不是答应我了吗，怎么今天又去买那个人的葱油饼了？"

我还没回答，猴子不高兴了。他说："我们爱买谁的就买谁的，关你屁事。"

孙小权的眼睛在镜片后面闪烁一下，说道："我们还是不是同学？"

"你爸爸炸的没那个人炸的好吃。"猴子冷冷地说。

"你简直在胡说！"孙小权显得很生气，"我爸爸炸好几年了，那个人才炸几天？"

"反正你爸爸炸的没他的好吃。"猴子说，又拉我一下，说，"小军，我们出去。"

我们到教室外面了。课间休息的操场上人满为患。我们走到操场的篮球架下，黑皮也凑了过来。我们没想到，黑皮说刚才孙小权找他了，要他早上去买他爸爸的葱油饼，不要去买屈强的。

我们都不高兴了，我说："从明天开始，我们偏偏不去买孙小权爸爸的葱油饼！"

臭味相投的人总是飞快地取得共识。

我们就这么决定了。

但发生了激烈的连锁反应，这是我们都没想到的。

那天上数学课时，陶老师在黑板上出了个题目。我们都知道，陶老师在黑板上出题目了，也就是会叫某个同学到黑板上做。通常情况下，他会叫孙小权上去做，因为孙小权的数学成绩特别好，上学期的期末考试考了一百分，陶老师也特别喜欢他。所以，当陶老师出完题目，转身面对学生时，我觉得他马上就会点孙小权的名字，但是意外，陶老师这次居然没叫孙小权，竟然点名让猴子上去做。

真是令人觉得意外，陶老师从来没叫猴子上去做过黑板上的题目。猴子的数学成绩算是班上最差的，当然也就是陶老师最不喜欢的。猴子被点到名后，一时没反应过来，但眼见全班同学的眼睛都朝他望过去，猴子才知道陶老师没有点错名字。

猴子虽然在街上和学校里喜欢打架，但既然坐在课堂上，这时候也得服从管教了，于是他起身离开座位，向黑板走过去。

在猴子走向黑板时，陶老师说出了他点名猴子做这道题目的原因："同学们，这次寒假作业，陶老师在孙小权同学的帮助下，已经全部检查完了，让陶老师觉得高兴的是，侯建同学的作业非常突出，只做错了三道题。这是非常大的进步！这说明，侯建同学在寒假里好好补习了功课，我希望同学们能以侯建同学为榜样，刻苦用功，把成绩提高上去。"

说完，陶老师侧身看着站在黑板前面、外号叫猴子的侯建同学。

但侯建同学完全傻了眼。他手里拿着粉笔，在黑板上一笔也动不了。

甚至，侯建同学还扭头看了看我，像是要我在座位上告诉他该如何做一样。

陶老师站在一旁，他期待的眼神渐渐变成了疑问。

"怎么？"他看出侯建同学根本动不了笔，就问，"不会？"

猴子听见陶老师说话，就把粉笔往讲台上的粉笔盒里一扔。猴子不会做题目，但这方面的天赋很高，他手上的粉笔只需一次，就准确地投进了粉笔盒。

"我不会做。"猴子说。

"你不会？"陶老师脸色诧异，"这是寒假作业本上的题目，你明明做对过的，怎么又不会了？"

"我不会。"猴子还是以坦白从宽的态度承认。

陶老师的脸色沉了下来："那你寒假作业怎么会做对的？作业能做对，在这里就不会做了，你的作业是不是抄的？"

不管猴子平时多么霸道，这时候却有点尴尬了，毕竟这是在全班同学面前出丑。

"你作业是抄了谁的？"陶老师像个审判官了。

猴子眼睛一侧，不看陶老师，也不回答。

这个态度把陶老师激怒了，他将教鞭往讲台上一敲，说："你抄袭了谁的？"他话音未落，眼睛就已经转向我和黑皮了。在我们班上，没有谁不知道我、猴子、黑皮三人是死党。

陶老师将眼睛看向黑皮时，我也看向黑皮，黑皮不敢迎接陶老师的眼光，把头低了下去。陶老师的眼睛又转向我时，我也把头低了下去。

"魏小军！"终于，陶老师点我的名了。

我不得不站起来。全班同学的眼睛顿时都向我看过来。

"你说，侯建的寒假作业是不是抄了你的？"陶老师严厉地问。

我有点摇晃，但没有回答。

"说！"陶老师的教鞭再次敲在讲台上，讲台上腾起一片轻微的粉笔灰尘。

"不作声是吧？"陶老师立刻宣布他的惩罚措施，"你们两个都站到教室后面去！"

我离开了座位，猴子也从黑板前离开，我们两人并排站在教室后面。

按理说，我和猴子被罚站无话可说，但没想到，陶老师接下来的话却泄露了天机。

"孙小权同学，你来把这道题目做一做。"

于是孙小权从座位上起来，走向黑板，他拿起粉笔，三下五除二就把题目做出来了。

陶老师称赞了他几句，然后又语重心长地对孙小权说："孙小权，你是个好学生，但也不要太老实了，你跟陶老师说侯建同学的进步非常大，可是你看，这全班同学也看见了，他进步在哪里？我看他除了抄袭进步了，别的什么也没有进步。"

陶老师这句话说出来，我只觉得有什么地方不对劲，但猴子却拿眼看了我一下，只见他嘴巴一动，又把眼光狠狠地扫向孙小权。我也一下子明白了。

在猴子看来，孙小权实在是太自作聪明了。那天中午放学，我们排好路队，刚刚走出校门，猴子就一个箭步走到孙小权身边，伸手将孙小权胳膊扭住，说道："孙小权，你居然想出这样的办法让我和小军出丑。你说，我们到哪里打架？"

孙小权的脸上有了惧色。说到打架，全班同学有谁敢和猴子过招？

"谁想和你打架？"孙小权说，"我也没想过让你出丑。"

猴子的火气已经上来了，他将孙小权当胸一推，说道："老子想打架！"

猴子这一推力气不小，孙小权身材很瘦，禁不起猴子一推，只见他倒退几步，仰面就倒在地上。猴子向来得势不饶人，见孙小权倒地下了，一步跨过去，骑在孙小权身上，挥起拳头就照孙小权下巴打去。

我看见的是孙小权抬手去挡。这时，路队刚散，全班同学都在，还有其他班的学生也在熙攘。看见猴子打人了，几个女同学立刻被吓得叫起来，纷纷往后退去。

谁都怕猴子，所以谁也不敢上来扯开。

但猴子突然被一个人推开了。

我和猴子都同时看见，孙小权的爸爸孙伯伯站在儿子身边。

看见儿子被打，孙伯伯的脸色弥漫出万箭穿心的痛苦。他将猴子一把扯开，跟着就给了猴子一巴掌，厉声说道："你打小权？"

猴子被孙伯伯扯开时一个趔趄，他看见是孙伯伯时，脸上也涨红了，说道："孙小权害我！我要打他！"

孙伯伯显然不想和一个孩子吵嘴，只说了句："你再敢打小权，别怪我不客气！"

猴子冷笑一声，转身走开。

我倒是特别惊异，没想到那个老实巴交的孙伯伯竟然敢打猴子。

我们和猴子一起回去，一路上，猴子越想越气，他在班上霸道惯了，而且，哪个老师都知道他不是读书的料，也就没人把他叫到黑板前做过题目，但这次，那个孙小权居然敢在他面前玩花招，猴子觉得给孙小权的颜色还不够，居然在打架时出来一个大人，这让猴子格外轻蔑。

"算了，"我说，"你人也打过了，算了。"

猴子不肯罢休，对我和黑皮说："不能算了！我要让孙小权家炸不成葱油饼！"

猴子是说到做到的人，在这方面，我和黑皮都只能听他的。但他怎么能让孙伯伯炸不成葱油饼呢？我有点半信半疑。猴子问我孙小权的家住哪里，我告诉了他。我记得我那时还奇怪，难道猴子还想上门打架不成？不管猴子多么凶，孙伯伯毕竟是大人，他又怎么打得过？

但下午到学校时，猴子就过来对我说，他把孙伯伯炸葱油饼用的平底勺给偷了出来。

"我看他还怎么炸？"猴子不无得意地说。

我总在想猴子是不是过分了，但我转念又想，孙小权竟然让我和猴子上课罚站，他也是该受点惩罚。黑皮听说猴子中午干的事后，显得特别兴奋。和我们比起来，黑皮的成绩没我好，打架又不如猴子，所以他完全对我和猴子的所作所为都言听计从。我甚至觉得，如果哪天我和猴子不理他了，黑皮怕是整天都会变得六神无主。

我们不由得想等到明天，当孙伯伯发现自己炸葱油饼的工具不见了，不晓得会怎样？

我问猴子，那把平底勺藏哪里了？猴子没说具体地点，只说藏好了，反正藏好了，没有任何人能发现，若是能被发现，那个发现的人肯定是神仙。我又问他是怎么偷出来的，猴子眉飞色舞地说，他回家吃过饭后，想起放学时孙伯伯竟然给了他一巴掌，就觉得一口气咽不下去，于是他就跑到孙小权家中。孙小权的成绩在我们班上拔尖，但他的家庭状况却是我们班上最差的一个，他妈妈卧病在床，谁也不知道是什么病，总之是那种起不了身的病。家里家外都得靠孙伯伯忙进忙出。

猴子跑到孙小权家中时，正好孙伯伯在伺候老婆，孙小权在窗前的桌子上做功课预习。

猴子说起他的偷盗过程有点惊心动魄，毕竟那里有两个大人在家，只要稍有闪失，一定会被抓个现行。我不由得想象猴子在那个黑漆漆的过道里，在一长溜煤炉灶台之间，他是如何发现孙伯伯的工具，又是如何将那把勺子偷出来的全部过程。不过猴子也说了，他去孙小权家，目的倒不是偷勺，只是想过去一下，能干点什么就干点什么。当他看见那把勺子，就偷了出来。

事情的严重性第二天就出现了。

我们在屈强摊子上买了葱油饼去学校，路过米粉店时，发现孙伯伯的摊子果然没有摆出来。他当然出不来，炸葱油饼的勺子都没了，他能拿什么去炸？我们在那一刻的高兴简直像是捡了五块钱。

孙小权也上学了。昨天猴子给他的几拳还能见到后果——孙小权的下巴发青。当他看见我们进教室了，就立刻转脸不看我们，我们当然也不想看他。整个上午，我们和孙小权的关系就恢复到从前的模样了，他不去看我们，我们也不把他放在眼里。

学校没出什么事，真正的事情出在放学之后。

中午放学后，和以前一样，我们的路队在出校门后就散了。只见孙伯伯站在学校外面接儿子回家。我们看见他时，猴子假装没看见，我还是叫了孙伯伯一声，黑皮似乎想叫，但见猴子没叫，他也就没叫了。

"爸爸，"我们听见孙小权说，"平底勺还是没找到？"

"没有找到，"孙伯伯说，"肯定是那个炸葱油饼的偷走了。我打听过了，那人叫屈强，原来就是个小偷！"

我们有点想笑，孙伯伯居然认为自己的平底勺是被屈强偷了。我们拐过弯后，猴子第一个就笑出了声，我和黑皮也跟着笑，在我们看来，孙伯伯真是太蠢了。

回家后，妈妈已经做好饭菜了。我在吃饭时听见妈妈对爸爸说："老魏，你听说了没？小军的同学，那个叫孙小权的，他爸爸是炸葱油饼的，今天他到粮油公司这边来了，一来就找人扯皮。"

"和谁扯皮？"爸爸问，显得漫不经心。

"原来粮油公司的那个屈强，孙小权爸爸一口咬定，说屈强偷了他的平底勺。"

"说他偷了他的勺子？他偷勺子干吗？"爸爸一边吃饭，一边看报，耳朵里却还是听见了妈妈说的话，"以前他偷饭票，还可以去吃饭，勺子又不能当饭吃。"

"屈强是坐牢出来的，小军你知道吗？"没想到，妈妈没有直接回答爸爸，而是转过头问我。

"我知道，"我说，"不过这几天我和猴子他们都是买他的葱油饼。"

"可能就是这样，以前嘛，这里只有孙小权爸爸一个人炸，现在多了一个人，说不定他们想互相抢生意。不过，"妈妈有点奇怪，"不就是炸几个葱油饼嘛，又赚不了几个钱，要说一个人去偷另一个人的勺子，也不大可能。"

我不说话了，心里开始想，难道孙伯伯真的认定勺子是屈强偷的，去找他了？

听妈妈的说法，孙伯伯肯定是去找屈强了，不知道他们之间发生了什么。

因为爸爸的兴趣还是在报纸上，妈妈也就没再说下去。但我还是感到了好奇，于是我迟疑一下，还是问妈妈："你看见了？"

"孙小权的爸爸很生气，"妈妈说，"我正好出去上班，就看见孙小权的爸爸在和屈强吵架。"

"后来呢？"我继续问。

"我也不知道，"妈妈说，"我要去上班嘛，就走了，当时那里围的人倒是不少。"

吃过饭后，我飞快地去找猴子。

猴子也知道了。他没听我说完，就说："他们最好是打一架。"

猴子似乎很想知道他们打没打架，就和我去叫了黑皮，我们三人一起出了宿舍。

在粮油公司那个墙角，没看见屈强，只是在他架油锅的地方，有一些黑黑的油迹在地上。其实我们也知道，屈强除了早上在这里炸葱油饼外，其他时间在哪里、在干什么，都是我们不知道的。我们现在出门，其实是找不见他的。看来，如果我们想知道事情究竟，只有等明天早上了。

第二天早上，我们一出宿舍大门就看见，粮油公司那边果然围了些人。

我们赶紧走过去。

果然是孙伯伯在里面，只听见他厉声对屈强说："你偷了我的勺子，快还给我！"

屈强眉头皱了皱，说："我昨天就告诉你了，我没偷你的勺子。我根本不认识你，你住在哪里我不知道，你是做什么的我也不知道，我偷你的勺子干什么？"他一边说，一边将手中的平底勺沉到油里，我们听见"哧"地一响。

孙伯伯动手去抢他的平底勺，说："这就是我的那把勺子！明明就是你偷了我的！"

屈强横眼看了孙伯伯一下，说道："我在做生意，你少到我这里发神经！"

"我发神经？"孙伯伯像是勃然大怒，一把扯住屈强的手臂，说道，"你还给我！"

"我数三下，你还不松手，别怪我对你不客气。"屈强冷冷地说，眼睛中冒出凶光。

孙伯伯被他的眼光震住了。

"一！"屈强说话了。拿勺子的手一动不动。

孙伯伯没等他说"二"，就松开手了，说道："好！算你本事，你等着！"

孙伯伯丢下这句话就走了。

屈强冷笑一声："我等你×！"然后继续炸葱油饼。

　　去学校的路上，我隐隐觉得事情不好，就对猴子说："猴子，你把孙小权家的勺子藏哪里了？还是去还了吧，别出什么事才好。"

　　"小军，"猴子满不在乎地说，"能出什么事？我倒是真想出个什么事。"

　　从来就是这样，在读书问题上，黑皮附和我，但在打架和玩的事情的上，黑皮就附和猴子了。当猴子一问他，黑皮就说不要还，看看能出什么事。

　　二比一，我没什么好说的了。

　　到学校后，我忍不住去看孙小权，他下巴上倒是不青了，但他的脸色很是阴郁。我知道，这件事当然不会只影响孙伯伯，对孙小权的影响也不小。只不过，孙小权只是学习成绩好，要说到外面打架逗能，那就差得太远了。在我们学校和街上，喜欢打架的当然不会只有猴子，孙小权被人欺负时，总是怯战而逃，不敢和那些惹是生非的人正面交锋。我看过那一眼时，不知为什么，心里忽然有点发虚。孙伯伯离开屈强时丢了句威胁的话，但我知道，对孙伯伯来说，这句威胁其实空洞得起不了任何作用，也没有任何人可以帮助他，尤其是在和人发生冲突时，不可能有谁会替他出头，他找不到帮手，就只能嘴上威胁一句。

　　嘴上的威胁又算什么？

　　屈强是坐过牢的人，所以我觉得他是什么也不怕的，也是不好惹的，而且，和孙伯伯相比，屈强身强体壮，如果孙伯伯要和他打架，肯定会吃不了兜着走的。

　　我记得，那天我又劝了猴子一句，要他将勺子还给孙伯伯。

　　猴子很不高兴，说："我既然偷了，就不会去还。孙小权爸爸打了我一巴掌，你又不是没看见。"

"你也打了孙小权。"我说。

"那是他活该！"猴子一边说，一边对我沉下脸来，我也就不再说什么了，反正也就是一把勺子，的确没什么大不了的。

没有了平底勺，孙伯伯的葱油饼就没办法炸了。他为什么不去重新买一把呢？很多年后我想到这个问题时，觉得大概有两个原因：一是他不甘心自己的东西被偷，就非得要回来不可；二是对他那个一分钱恨不得掰成两半来花的家来说，买一把勺子的钱足够他炸半个月的葱油饼了，现在既然知道在谁手上，理所当然是要追回来的。但在我们街上，不仅是小孩子，不少早上去上班的大人也喜欢买葱油饼，孙伯伯的摊子只两天没开张，屈强的生意陡然就增加了好几倍的顾客。

对孙伯伯极为不利的是，我们之前的话竟然变成一个共识，那就是屈强炸的葱油饼的确比孙伯伯摊子上的葱油饼炸得更加好吃。至少，在我们班上，喜欢吃葱油饼的同学光顾过屈强的摊子后，都这么众口一词。

但情况维持了不到两天。

那天当我们打算去买葱油饼的时候，看到正南街派出所的警察在孙伯伯的带领下，来到了屈强的摊子前。

面对警察，屈强的语气当然就和面对孙伯伯时大相径庭。

"这就是我的勺子，我没有偷他的。"屈强认真地说。

"偷没偷不是你说了算，"那个警帽压过眉毛的警察说，"这需要调查。你和我们去派出所一下，请你配合我们。"

"他这把勺子就是我的！"孙伯伯在一旁大声说，"我的勺子我会认不出来？"

这个场景我们料想不到，孙伯伯竟然想出让警察做帮手的点子。

屈强狠狠地瞅了孙伯伯一眼，但警察在面前，他也不敢再说狠话，只是说："你说是你的就是你的？你叫它一声，看它会不会答应？它要是答应了，它就是你的。"

"别说这些废话了！"警察说，"你和我们去派出所一下。"

"我现在在做生意，"屈强口气虽然不硬，但还是显得有些恼怒，"能不能等我做完生意再去？"

"不行！"孙伯伯抢在警察之前回答，"你现在就去！你还知道要做生意？我都几天没做生意了。"

"你也别说了，"警察对孙伯伯微微皱眉，说，"我们会处理的。"然后又对那屈强说，"你现在就收摊，跟我们去派出所。"

屈强脸上显出十分愤恨的神情，说："我没犯法！也没去做小偷，你凭什么就不许我做生意？"

警察显然也生气了，说："我没说你犯法，也没说不准你做生意，但现在有人告你偷了别人做生意的工具，你还是配合一下好。"

屈强咬牙切齿地看了孙伯伯一眼，说道："好！我去！"说完他跟着补了句实在不想忍的脏话，"×的！"

我们那天没吃到葱油饼，也没时间去看屈强是如何收拾摊子的，我们去学校了。

坐过牢的屈强还是怕警察的，这点我们都看得出来。

猴子觉得此事非常刺激，因为自己的一次小小行为，居然有警察出面了，警察虽然没找他，但毕竟是因他而起，只是连警察也不知道而已。

我终于觉得事情可能会越来越大，我又劝猴子算了，赶紧将孙伯伯的平底勺交出来了事，但猴子还是拒绝。对猴子来说，越是始料不及的事情，越是让他充满做恶作剧的快感。我另外还能看出，因为警察都出面了，一向胆小的黑皮也有点怕了。尽管那把失踪的平底勺和黑皮没有半点关系，就像和我没半点关系一样，但黑皮还是紧张，只是他不敢对猴子提出和猴子不一致的意见。

猴子对我和黑皮说了一句："这件事谁都不准讲出去。"

猴子这句话封住了我们的嘴。我也想不起我当时是不是有讲出去的想法，但猴子把话说了出来，我和黑皮就都保持沉默了。我们三人是死党，没有谁不知道这点。

屈强在派出所是如何接受调查的我们都不知道，我们知道的是，第二天，屈强的葱油饼摊子照常摆出来了。

孙伯伯又来了。

三月初的早晨，吹来的风还有点刺骨，街道两边的房屋在光秃秃的树枝覆盖下，显得有些苍凉，路上翻滚着一些树叶。那时是街上人比较多的时候，都行色匆匆地去往各自要去的地方。

我们到那摊子前时，只见孙伯伯在大声对屈强说："这是我的平底勺！是我的！我认识这把勺子！"

"你的？"屈强轻蔑地说，"你少发神经了！昨天在派出所已经说得清清楚楚，这把勺子是我的，你再这样，我真的会不客气了！"

"对！"没想到孙伯伯承认道，"你这把是你的，但我那把勺子一定是被你偷了！"

"×的！"屈强停住手上的动作，眼中凶光毕现，"你敢说我偷东西！"

孙伯伯这时已经有点控制不住情绪："就是你偷了！还给我！"说罢，孙伯伯伸手就去抢屈强的勺子，屈强没提防孙伯伯来这一手。他刚刚将一团米粉在那把平底勺上抹平，被孙伯伯手一捉，那把勺子竟然往油锅里掉去，只见滚烫的油水陡然一溅，好几滴油溅到屈强的手上，屈强痛得手一松，整把勺子就掉进了油锅。

"你以为我不知道？"孙伯伯大声说，"你以前偷过饭票，现在是贼心不改！"

"你他×的！"屈强火冒三丈，"你还敢说我是小偷？"随着这声暴喝，屈强右手的勺子对着孙伯伯脸上就挥过去。

一切来得太快，孙伯伯没有避开，脸上被那把勺子狠狠地打了一下，孙伯伯"哎哟"一声，连退几步。他捧着脸，像在急速地思考他要怎么办。我感到有点害怕，因为我看见孙伯伯脸上流血了，但我什么也来不及想，甚至孙伯伯也来不及想，屈强已经走过来，举起那把勺子朝孙伯伯又一次打过去。

孙伯伯抬手去挡，那把勺子打在他手臂上，眨眼间，屈强又闪电般地抬脚踢向孙伯伯的肚子。"看你还说我是小偷！"孙伯伯在被连续的打击下，终于倒在地上了。

接下来的事情出乎意料，当屈强打算继续他的狠踹之时，孙伯伯突然把他的腿抱住了，脸上充满我从未看见过的痛苦。他说："我求求你，把勺子还给我。它是我老婆把看病的钱省出来买的。我求你了！"

挨了打的孙伯伯竟然求起对方来。

屈强一愣。孙伯伯继续说："我求你还给我！"

我不晓得我是不是还看见了孙伯伯的眼泪，我心里一片混乱和慌张，赶紧转身走了。猴子和黑皮也赶紧跟着我走开了。

　　我发誓事情不是我说出去的，我肯定也不是猴子和黑皮说出去的，但一个上午还没完，我们学校，特别是我们班上就无人不知孙伯伯在哀求屈强退还他的平底勺了，甚至，我们还听到孙伯伯最后跪在屈强面前，恳求对方还勺子给他的传闻。

　　我注意到了孙小权。

　　孙小权已经遭到了不少同学的窃窃私语，因为他爸爸居然在光天化日之下向另外一人下跪了。不论是真是假，新闻都有人乐于添油加醋地传播。没有人去理孙小权。我去看孙小权的时候，他脸色苍白到了极点。我很想告诉孙小权，他爸爸那把勺子是猴子偷去的，和屈强一点关系也没有，但猴子被这个消息刺激得兴奋异常。他拉着我和黑皮谈论我们看见的那些场景，也谈论那些我们没有看见但已经传开的下跪场景。对猴子来说，他实在是太得意自己的偷窃行为和报复行为了。

　　"他居然敢打我？我就要他下跪！"

　　在猴子的兴奋之下，我也觉得没必要告诉孙小权事情的真相，主要是因为，事情已经发生了，和我既没有关系，我也不可能去改变。我还觉得，如果我真的对孙小权说明勺子的去向，那我无疑是在干一件出卖朋友的事。

　　第三节课时，孙小权不见了。

　　站在讲台上的陶老师注意到那个空位，就问孙小权到哪里去了。我们这才发现，孙小权没有在教室。孙小权的同桌看见孙小权的书包还在课桌的空心抽屉里，但他也回答不出陶老师的提问。谁也不知道孙小权是什么时候离开学校的。

　　事情到放学后就知道了。

　　出了校门，就听见外面所有人都在议论，上午十点钟左右，做早餐生意的都纷纷开始收摊，粮油公司墙角的屈强也在准备收摊，但一个戴眼镜的学生过来了，他一到屈强面前就动手去抢那把圆形平底勺。屈强肯定料不到他这把勺子早上有人来要，现在一个小孩居然也过来抢。因为对方是个孩子，也因为他正在收摊，手里端着油锅，就只喝一句，"放下！"但孙小权没有放下，而是抢过勺子后就转身狂奔。屈强愣了一下，等他反应过来，孙小权已经跑出一段距离了。屈强赶紧将油锅放好，再迈步来追。

　　孙小权发足狂奔。他不是跑向家里，而是跑向街外那座大桥。

　　屈强在桥心追上了孙小权。据很多目击者说，当屈强追上孙小权后，先是揪住他的衣领，不料孙小权回手就给了屈强一勺，屈强闪避不及，额头顿时被打出血来。有好几个人又说，孙小权立刻给出了第二勺，屈强满脸是血了。说不上屈强是不是想给孙小权几个耳光来回应，一部分目击者振振有词，他们看见孙小权手上那把勺子呈抛物线飞到了桥下，然后两人疯狂地扭打在一起。据后来派出所的警察说，到那里做证的人谁也不敢保证，究竟是屈强将孙小权推到桥下去的，还是孙小权自己跳下去的，总之孙小权掉进了河里，就像那把勺子一样，再也没有浮起来。

蝴蝶胸针

从菜场出来时已经十点半了。杨为民手上提着两个塑料袋，里面塞满他今天得提回家的半斤猪肉、一把白菜、捆在一起的葱蒜、一包黑木耳、三个西红柿、八个青椒、一瓶辣椒酱、小半截冬瓜，以及准备和冬瓜一起炖汤的筒子骨，另外还有一盒十六个装的土鸡蛋。因为担心土鸡蛋会被筒子骨挤破，杨为民将土鸡蛋放在另外一个塑料袋里，所以，从菜场走向公交车站的杨为民两手都没闲着，两个塑料袋在他身体左右同时晃荡。

二十多年来，杨为民和老婆赵爱萍的分工相当明确，杨为民买菜，然后回家择菜、洗菜、切菜，再交给赵爱萍下锅，饭后的洗碗事宜又回到杨为民手上。一个家当然还有其他家务，但我们做不到每项都去检查，我们能看见的是，赵爱萍总是提着一桶洗好的衣服出来晾晒，也将拖地的拖把拿到公共水龙头下冲洗。因此在我们眼里，赵爱萍是一个相当能干，也相当体贴丈夫的女人。不过，杨为民倒是在麻将馆里听到别人称赞赵爱萍时，音量不高地抱怨过，那个家关起门后，里面的所有家务都来自他的亲力亲为。比如洗衣，都是他在自家厨房洗好，赵爱萍所做的只是将他洗好的衣服拿出去晾晒；拖地也是他的事，赵爱萍不过将拖把拿出去洗洗了事。但街坊们只能就看见的发表意见，因此事情的结果当然是赵爱萍得到众邻居的一致好评，真正做事的杨为民始终没评上家庭模范。

　　杨为民出菜场时看了看手表，已经十点半了，这使他有点着急，赵爱萍早就明文规定，杨为民十点半必须买完菜回到家。杨为民当然不想迟到，但为了节约出五块买烟的钱，杨为民和那些小贩费了不少口舌。五块钱是节约出来了，时间却没有节约出来。杨为民提着塑料袋就往公交车站赶。今天的天气比较炎热，昨天听天气预报说有35℃，照杨为民体感，少说也有38℃。公交车站等车的人也不少。不知为什么，杨为民忽然强烈地预感到，今天一定会出什么事，因此，杨为民拿不准自己头上冒出的汗，究竟是天气炎热之故，还是因为时间耽误了而感到紧张所致。

　　正南街离菜场不远，也就三站公交车的距离。平时杨为民倒是不急，时间充裕得都是走路回家。一路上，他可以让很多认识和不认识的人看见，他杨为民在为这个家付出自己不可小觑的劳动。如果进了正南街，遇见的就都是街坊了，他会主动和对方打招呼，同时将塑料袋里的菜打开给别人看。杨为民倒不是想要对方知道他和赵爱萍目前的生活水准，而是想让对方能够充分地意识到，他今天又出去买菜了，他做的事不比老婆赵爱萍少。

　　杨为民在车站等车，他要坐的始终没来。杨为民又看看手表，时间竟然又流逝了五分钟之多，这使杨为民几乎绝望。他知道，赵爱萍这时肯定已经在家里发火了。

好不容易来了杨为民要坐的那趟车。

令杨为民有点意外的是，这趟车乘客居然不多。对杨为民来说，除了回家迟到，这是他今天遇见的第二个意外。不过他事后总结，这还并不是他预感的那个意外。

因为人少，一上车，杨为民迎面就瞅见一个空位，于是他赶紧迎座位走过去。一屁股坐下后，杨为民暗暗松口气。毕竟已经上车了，他只需要坐三站，三站路花不了多少时间，这样一算，他可以在十点四十分到家。虽然还是迟到，但毕竟只迟到十分钟，这让杨为民心中有数，赵爱萍即使要骂，也最多只会骂上二十句。

杨为民刚刚感到有所轻松，就明显感到坐在他旁边的人时不时斜眼过来看他。

落座时杨为民虽没刻意留神，但也知道他身边坐的是个女人。

在正南街上，杨为民为人出名的老实。对一个男人来说，老实意味着不好色，至少是不明目张胆地好色。但现在一个女人主动打量自己，杨为民感到好奇也就势所难免，于是他不由自主地侧过头去，看了那女人一眼。

一眼之下，杨为民不禁一愣。

"咦？"这是他发出的第一个音节，紧接着他就说，"小雁？"

只听名字，会觉得小雁还是个少女，但事实上小雁已经和杨为民年纪差不多，是四十多岁的老女人了，而且看得出，这个小雁脸上非常疲惫，一副心事重重的样子。

但杨为民叫出了她的名字，这使小雁露出了微笑。

"你一上来就觉得是你，还真是你啊。"小雁说。

"是啊是啊！"杨为民回答，他又不由得仔细地再看了小雁一眼。这一眼让杨为民心里忽然有点异常，因为小雁的头发已经有点白了，尽管一眼看上去，小雁的头发还是黑的，但因为他们坐得近，杨为民刚刚有点老花的眼睛又立刻恢复成青年时代的火眼金睛了。在小雁的头发根上，泛出一到两毫米的白色，显然，小雁的头发是染过的。

说过"是啊是啊"之后，杨为民忽然觉得说不出什么其他话来，他当即决定像所有人一样，用笑来掩饰尴尬，于是他就真的对小雁笑了笑。

作为回报，小雁也笑了笑。

小雁转眼就看见杨为民手里的塑料袋，就说："你买菜啊？"

"是啊，"杨为民又这么来一句，继续说道，"我每天都买菜。喏，你看看。"

杨为民将手中的塑料袋打开，让小雁看他今天在菜场的不菲收获。

小雁随意看了一眼，将目光收回，说道："你还是和以前一样勤快。你老婆可真是幸福。"

杨为民眉头动了动，顺手将塑料袋放在座位底下，说道："她可不觉得自己幸福啊。"

"那怎么会？"小雁说，"像你这样的男人如今已经很少了。"

杨为民回答的口吻不禁五味杂陈："那你说说看，我是什么样的男人？"

"你啊，"小雁又露出一个疲惫的笑，说道，"我以前不就说过嘛，你勤快、本分，会是个顾家的男人。"

"你以前说过吗？"杨为民说，"我怎么不记得了。"

小雁像是沉思了一下，说道："我以前说过的话你还记得多少？"

"你以前的话？"杨为民也像是沉思起来，然后说，"你以前的话我都记得。"

"都记得？"小雁再次笑了，"都记得怎么会忘了这句？"

杨为民说："那一定是你没说过这句。"

小雁这次的笑不像还有疲惫："这倒不像你了。"

"不像我？"

"是啊，以前你哪有这么油嘴滑舌？"

"那你冤枉我了，"杨为民认真地说，"我这辈子就是没学会油嘴滑舌。"

"都这个样子了，还说没有。"小雁虽然嘴在批评，脸却在微笑。

说完这几句话后，公交车到站了，杨为民看看窗外。窗外的景色和他平时看见的没什么两样，但不知为什么，尽管杨为民觉得景色没变，但还是觉得有很多东西已经变了。他记得，二十多年前，这里的公路根本就没今天这样宽。那时路边有很多精品店，多半是卖胸针和明信片的。现在那些店子都销声匿迹了，门面虽然还是那个门面，但都扩大了，装修也明显豪华起来。在那些豪华的门面里，再也没有卖胸针和明信片的了。不知道原来那些店子现在都去了哪里。他甚至忽然想起，在和赵爱萍恋爱的那两年，赵爱萍最喜欢的就是胸针，杨为民给她买过不少。他还记得，那些店子里的胸针都不贵，最贵的也就五块，但话说回来，二十年前的五块，已至少抵得上今天的五十块了。

想到这里，杨为民不由得一阵恍惚。

公交车再次启动。杨为民发现这一站上来的人比较多，这使他感到庆幸，如果他是这一站上车的话，那他一定坐不到座位了，坐不到座位，那些土鸡蛋就很有可能被人碰到，说不定会被撞碎的。土鸡蛋是赵爱萍点名要他买的，如果他拿一袋碎了的土鸡蛋回去，赵爱萍就不会只骂他二十句了。

"你们现在过得好吗？"

他耳边忽然又传来小雁的声音。

"你们？"只要想到赵爱萍，杨为民就发现自己脑子有点乱，几乎是下意识地重复。

"嗯，"小雁说，"你和你老婆。"

"说她啊，"杨为民犹豫了一下，说，"凑合吧。"

"她做什么的？"小雁又问。

这个问题让杨为民感到沮丧："她和我一样，都下岗了，现在我们开了个麻将馆。"

小雁迟疑一下，说："你那时不打麻将的。"

"是啊，"杨为民说，"我现在也不喜欢打，但有时候没办法，客人少了时，我得去凑个数。"

"那也真是为难你了。"

小雁的话让杨为民感到里面包含一种他久违的感受。

但他还是说："也没什么为难的，过日子嘛。"

说到这里，杨为民忽然觉得应该说点别的什么了，就问："你呢？你现在过得好吗？"

"我？"刚刚从小雁脸上消失的疲惫又涌现出来了，"像你说的，过日子。"

"你……"杨为民感觉自己在小心翼翼地试探，"你丈夫是做什么的？"

"他？"小雁微微摇头，说道，"他到处承包工程。"

"那应该很有钱啊。"杨为民说这句话时不禁有点失落。

"算有吧。"小雁轻描淡写。

"那你们的生活应该很好了。"杨为民说，心里的失落已变成失望了。

"有什么好的？"小雁轻声叹口气，说，"男人嘛，有钱就变坏。"

这句话不新鲜，杨为民当然听过，但他忽然想知道究竟什么是"坏"，于是就问，"坏？什么意思？"

小雁再次摇头，说道："还能有什么意思？他请了个秘书。"

"请秘书不是坏嘛！"杨为民说。但他也知道，事情不是他说的这个样子。

"是女秘书，"果然，小雁如杨为民所料想地回答，"都被我抓了现场。"

"啊？"杨为民的惊讶连自己都觉得做作，"那他就太过分了！"

"这还不算什么！"小雁又说。

杨为民这次倒真的不知道了，就问："他还做了什么？"

小雁脸上的疲惫愈发深了点："那狐狸精给他生了个孩子。"

杨为民的确不知该如何接话，讷讷地说句："孩子？"

"是啊，"小雁说，"生了个男孩。"

"那你呢？"杨为民认为自己发现了问题的症结，"你生的是男孩，还是女孩？"

"都没有，"小雁说，"我生不了，结婚两年后才知道的，输卵管堵塞，没办法。"

"你没去检查？"杨为民继续问。

"去了，"小雁说，"不知道去了多少次医院，钱都冤枉地花了，还是没用。"

"没去试管一下？"杨为民忽然想起这个新名词。

"也试过，"小雁脸上的疲惫越来越浓，"统统没用。"

"你真是受苦了。"杨为民说，很想去握小雁的手来表达他的安慰。这么一想，他对小雁的手就瞅过一眼，小雁的手保持得非常完好，和二十多年前一样，手指修长，显得珠圆玉润，杨为民不禁忽然一阵眼花。他记得，他就是从牵小雁的手开始他们那段感情的，那是他忘不了的感受，小雁的手太柔软了，简直像没有骨头。他那时喜欢看武侠小说，很有意思的是，小说里那些动不动就拔剑杀人的女主角差不多都有双"柔若无骨"的手，这恰恰是他对小雁手的记忆。

公交车又到站了，杨为民这次没去看窗外，他甚至没发现停车了，他还沉浸在对小雁手的回忆之中。小雁的手已经二十多年没碰过了，想不到还是二十多年前的那个样子。杨为民感到自己喉咙里突然发干，一股隐秘的东西从食管里往上涌。

这一站下去的人少，上来的人多，车厢里竟然塞满乘客了。小雁坐在靠窗的位置，还不觉得怎样，杨为民坐的座位挨着过道，那些上车的人纷纷挤在座位边上。站在杨为民身边的是一个剃寸头的小青年，那小青年一手扶着杨为民座椅靠背，一手拿着手机，似乎在专心致志地看什么。杨为民知道，那小青年一定是在看微信，尽管杨为民连手机也没有，但对这些新名词还是有所耳闻。

杨为民始终没弄明白微信是什么玩意，在他看来，电话和手机一样，不过是你找我说话，我找你说话的工具，把该说的说完了，电话就可以挂了。那个微信好像不是单纯找人说的，而是让人去看的。怎么电话变成看的了？那又能看见什么呢？很久以来，杨为民就觉得自己生活得特别吃力，至于是什么原因，他从来没去探个究竟，也许，是因为他不懂微信吧。如果他懂微信，生活会不会轻松点呢？

还是不会。因为杨为民没有手机。赵爱萍倒是有。按赵爱萍的说法，家里只要有一台手机就够了，对两个下岗的人来说，各买一个手机，实在是有点不像话。好在杨为民对手机的兴趣也不是很大，因为他也觉得自己用不上。对他来说，生活已经变得非常简单了，除了在家里，就是在麻将馆，出门也就是奔菜场买个菜，要不就是去河边散个步，有没有手机实在是无所谓的一件小事。他今天出菜场时还隐隐觉得，如果他有手机的话，只怕赵爱萍早就一个电话打来，骂起他来了。挨骂是家里的事，犯不着还要加个挨骂的电话场所。

公交车这次的启动有点猛烈，像是离合器出了什么问题，整个车厢陡然一阵冲荡，站在杨为民身边的小青年没留神，脚下一个趔趄，大概是他抓住座位的手抓得不紧，为了使自己不致狼狈，他那只拿手机的手随着退势，竟然一下子打在杨为民肩上。杨为民本能地往里面一闪，整个人就靠在小雁身上。因为杨为民已把塑料袋放在座位底下，手是空的，他倒向小雁时，谁也说不上是有意还是无意，他一把将小雁的手抓住了。

柔若无骨。真还是从前那个感受。

杨为民还是飞快地将小雁的手放开，不好意思地对小雁笑笑：

"对不起，对不起，这车子真是，也不知司机怎么开的。"

小雁的手被杨为民一抓，顿时不知所措，好在杨为民抓手快，放手也快，免去了她因心跳而产生的尴尬。但必须说实话，杨为民那么快地就放手，小雁的脸色在紧张掠过之后，隐隐泛起一丝失望。

"没什么，没什么。"小雁的回答也快。

"那你现在想怎么办？"杨为民这次的问话同样很快，他希望通过说话，把刚才的失态遮掩过去。

"现在？"小雁好像听到个奇怪的问题。

"是啊，现在。"杨为民说。

小雁恢复到常态了，说话平稳起来，声音却比刚才低了很多："其实，我考虑离婚已经很久了。"

"你想离婚？"杨为民的声音有种惊讶。至于他是不是真的惊讶，恐怕就只有他自己才明白了。

"是啊，"小雁说，"我考虑了很久。你来说吧，我一个月也见不到他一次，这能说是过日子吗？"

那种想抓住小雁手的冲动又在杨为民心里起伏，但他终究没敢造次。

小雁继续说："我吵也吵过，闹也闹过，都于事无补。"

"是他不想离婚？"杨为民感觉自己在再次试探。

"他不想，"小雁回答得非常干脆，同时苦笑一下，"这也算是他还有良心的地方。"

"有良心？"杨为民这次的惊讶倒是货真价实，"他在外面乱来也叫有良心？"

"是啊，"小雁继续苦笑，"你看看，我都四十多岁的人了，如果离婚了，我这下半辈子能去靠谁？我连个孩子也没有。"

"但……"杨为民说,"那你就打算一直这么委屈下去?"

"习惯了,"小雁的回答令杨为民有点意外,"我是女人,总得有个依靠。"

"但他没给你依靠啊。"杨为民非常准确地指出这个事实。

"至少名义上有吧。"小雁显得无可奈何。

"小雁,"事后无论过上多久,杨为民也无法解释自己为什么就那么大胆,竟然又一把抓住了小雁的右手,"你不能这样下去。"

显然,小雁对杨为民的冲动始料未及,她浑身一颤,低头看见自己的手被杨为民抓住,不禁微微一动,像是想挣脱出来。杨为民这次抓得很紧。小雁发现反抗无济于事,就选择了顺从。她还是能够感觉,杨为民的手在冒汗,显得汗津津的。

"我也早受不了了!"杨为民既突如其来,又没头没脑地说出这么一句。

小雁转头凝视杨为民,眼睛和声音都变得温柔起来:"你什么受不了?"

"我……"杨为民被自己胆大妄为的想法弄得吃了一惊,他不觉又放开小雁的手,嗫嚅着说,"我听你的遭遇觉得受不了。"

这个回答显然令小雁感到失望,她说:"别说了,我真的习惯了,每天这么一个人过日子,这就是命。"

杨为民松开小雁的手后,又立刻感到后悔,但他发现,自己再也没有胆量去抓小雁的手了。于是他就转个话题:"你现在住在哪里?"

"怎么?"小雁的回答令杨为民感到她内心的某种起伏,"你想去我家里?"

"不不,"杨为民赶紧否认,"我不是那个意思,我是说,我就住在正南街，和你住得远吗？"

"远倒是不远，"小雁说，忽然像是感慨似的接下去，"住这么近的人，居然从来没遇到过。"

"那……"杨为民的胆子又开始大起来，"你经常去河边散步吗？"

"你喜欢去河边？"小雁问。

"我每天都会去。人嘛，这个年纪了，散散步对身体好。"

小雁打量了杨为民几眼，说："我有时候会去，不是每天。"

"真的还没碰见过你。"杨为民说。

"你说河边吗？"小雁说。

"是啊，"杨为民回答，他又叹口气，说，"记得我们那时候，就经常去河边的，你还记得吗？在那个桥洞……"杨为民看着小雁，没有把话说完。

小雁低着头，似乎被杨为民这句话带进了某种回忆。

"要不……"杨为民像是鼓起全部勇气，说道，"你明天去？我晚饭后七点钟会到那里。"

小雁还是没回答。杨为民明察秋毫地看到，小雁微微点了点头。

谁也不知道公交车到底是不是离合器出了问题，每次停下来后再发动时，总是整个车厢就猛地一阵冲荡。当那阵冲荡又一次袭来的时候，杨为民如梦初醒地发现，他要到的正南街站已经过去了。

几乎是突然之间，杨为民"啊"的一叫，俯身从座位下拖出塑料袋，对小雁说："我过站了！"

看着杨为民惊慌的脸色，小雁也像是突然醒过来，说："那你快下去。"

好在公交车刚刚发动，只听见司机不耐烦地说道："没下车，不知道早点起身啊。"他踩住刹门，公交车停住了，司机将下客的后门打开。杨为民提着塑料袋，一边额头冒汗地奋力朝后门挤去，一边说道："让让，对不起，请让让！"听到他口气的人，都觉得有点奇怪，不就是过了站嘛，有必要显得这么惊慌失措吗？

一下车，杨为民抬腕就去看表，时针已经指向十点五十分了。他再看看周围，一下子觉得自己站在一个陌生的地方。走到站牌下再看，杨为民吃惊地发现，自己居然坐过了整整两站。一种大祸临头的感觉将他顿时控制了，更要命的是，这里太陌生了！明明就是这个城市，怎么会觉得如此陌生呢？他很少到这边来，甚至记不清有多久没到离家这么远的地方来了。因此换句话说，他现在离家实在是太远了。

杨为民已经清清楚楚地看见赵爱萍是如何在家里发火的。

但他还是得回去。

可以理解，杨为民脑子已变得特别混乱，他居然没想到再次坐上回转的公交车，但他必须赶紧回家。急中生智的结果是，他提着两袋菜开始跑起来。那天看见杨为民在街上狂奔的人都还记得，杨为民奔跑的样子好像后面有一只猎犬在追他。

不过，还是像我说过的那样，两站路不远，按他现在奔跑的速度，完全可以在五分钟内跑回家，但杨为民却花了足足一刻钟。原因其实很简单，因为那时的太阳已经很毒了，杨为民在奔跑过程中，感到自己的眼睛忽然被什么花了一下。那一下特别刺眼，难道太阳掉地下来了？他忽然想知道是什么。当然还有另外一个更重要的原因，对一个年近五十的中年人来说，未经锻炼忽然长跑，委实有点吃不消。于是他停下来，折身回走几步。答案立刻揭晓了。就在路边，有一长溜地摊，在其中一个地摊上，闪闪发光地摆着一些金属制品。杨为民不可思议地发现，那些东西竟然是一些胸针。

杨为民的犹豫长达一秒，就在地摊前蹲下身来，经过一番讨价还价，杨为民用刚才买菜节约下来的五块钱买了一枚蝴蝶状的胸针。这是他很多年前给赵爱萍买过的款式，赵爱萍特别喜欢那个款式。他必须买下来，以便告诉赵爱萍，他之所以回家迟了，是因为去买胸针了。他甚至还想出了一句打算说给赵爱萍听的幽默话：“你看，二十年前，胸针是五块，二十年后还是五块，说明物价没有上涨嘛。”

家　猫

　　这只猫不是我的。这只猫的名字叫"小虎"，这个名字也不是我给它取的。我看见这只猫是在李果和丁霞的家里，那是礼拜天，我无所事事，吃过早餐后，更加无所事事，想起半个月没到李果家去了，我先打了个电话，他们都在，我就去了。

　　李果和丁霞是我的大学同学。对大学的大部分学子而言，大学是一个十足的恋爱天堂，李果和丁霞顺应了这股潮流。有点意外的是，在大学的恋爱潮流浩浩荡荡地流到毕业门槛之时，他们做了一点小小的调整，他们没有像大多数人（这其中包括我）一样，与信誓旦旦的恋人选择分道扬镳，而是到民政厅领取了将他们紧紧捆成一体的结婚证书。

　　"我是丁霞的第一个男人，我要对她负责。"李果后来告诉我。

　　在李果的高大形象面前，我觉得我极端猥琐。

　　给我开门的是丁霞，她穿着睡衣，她开门的时候还用手捂拍着嘴唇，好像要把一个刚打了一半的哈欠拍回喉咙里去。

　　李果在厨房。我并没有看见，但我听到有阵锅铲的声音从那里传来。作为他们家的常客，我当然也知道在厨房里转来转去的从来就不是丁霞。

　　"进来，进来！"丁霞说，剩下的半个哈欠还是打了出来。

　　"吃早饭没有？"李果的声音从厨房拐几道弯出来。

　　"刚吃，"我说，"都快十点了，你们才起来？"

　　"礼拜天啊！"丁霞一边说，一边将我引到沙发上。她把头向左一扬，对着厨房方向问，"鱼做好没有？"

　　"好了，好了！"李果的回答从厨房拐几道弯出来。

　　"早餐还做得这么隆重？"我问，觉得有些奇怪。

　　"不是我们吃。"丁霞说，又把头向右一扬，对着阳台方向"咪呜咪呜"地叫起来。

　　一只猫从阳台上钻了进来。

　　作为配合，李果也及时从厨房现身，系着一条围裙，手里端着一只盛鱼的小碟。

　　这只猫很小，和一只普通猫相比，它的可爱之处就在于它的小。毛是黄色的，眼睛贼亮，它看见李果出来，"喵"的一声就扑了过去，用一只前爪不停地去抓李果的裤腿。

　　"什么时候养猫了？"我问，一边弯下腰去摸小猫的头。

　　李果把鱼碟放在靠墙的地方，说："来，小虎。"

　　丁霞说："是我一个同事给的，她家的猫生了几个猫崽。"

　　"它叫小虎？"我问。

李果在我身边坐下来，说："这家伙虎头虎脑的，叫这名字最合适。"

猫吃的是鱼，李果、丁霞吃的是昨晚的剩饭，在炒的时候加了两个蛋。

"这么久没来，"李果望着我，问，"又写了什么？"

"刚写完一个短篇。"我说。

"题目叫什么？"李果问，他对题目向来都很感兴趣。

"叫《六岁的月亮》。"我回答，又问，"你呢？最近写了什么？"

"我？"李果从蛋炒饭中仔细地挑出一堆蛋黄，一筷子把它吃下去，说，"一个礼拜没写了。一个字也没写。"

那只猫很快就把鱼吃得只剩一堆骨头。丁霞又"咪呜"一声，说："小虎，过来，小虎。"

猫舔了舔舌头，贼亮的眼睛望了丁霞一眼，好像要辨认一下是谁在叫它，然后又"喵"的一声，飞快地跑过来，四肢腾空，落到丁霞的膝盖上。

丁霞两手叉在猫的腰部，对它吸吸鼻子，说着"小虎，小虎"。

我冷不丁一笑。

"你笑什么？"丁霞问。

"没什么，没什么。"我说。

我当然不能说。在大学的时候，李果的外号叫"苹果"，我现在看着丁霞抱着这只猫一个劲儿叫"小虎，小虎"的时候，就想象丁霞和李果在恋爱高峰期之时，一定也是这么抱着他，一个劲儿地叫着"苹果，苹果"。

上大学的时候，我和李果都是校文学社的。李果是狂热的诗歌爱好者，他的处女作发表在他的中学阶段，大学文学社给了他如鱼得水的发挥场所，他在短期内就成为文学社的社长。他可以一个通宵不睡，在第二天早晨拿出好几首诗歌，就我记忆所及，他的纪录是一个通宵写了十一首诗歌。在他为数众多的崇拜者中，他选择了丁霞作为他的女朋友。尽管我不认为丁霞是一个魅力十足的女人，李果选择她，我觉得在很大程度上是因为丁霞对诗歌的疯狂热爱激发了李果的涛涛灵感。丁霞在朗诵李果的诗歌之时，无疑是充满激情的，为李果的诗歌增色不少，也为自己的爱情在李果的心中增加一块块厚重的砝码。在一次全国大学生诗歌比赛中，李果勇拔头筹，名望在全校达到顶峰，这更加激起他的雄心壮志，他几乎相信自己在十年之后，将毫无疑问地站在斯德哥尔摩的诺贝尔文学奖领奖台上。这一激动人心的盛事，他提前十年暗示给了丁霞。

"你爱我吗？"丁霞总是问他。

"爱。"李果总是这样回答。

"你不会抛弃我吧？"丁霞总是这样又问。

"不会。"李果又总是这样回答。

在李果的诗歌锐气面前，我放弃了写诗，开始写小说。李果看了我写的第一个小说，我记得他当时对我说，"好好写，你有写小说的天赋"，并鼓励性地拍拍我的肩膀。我真是激动不已。李果是文学社的旗帜，是文学社的权威，他可以评价文学社内每个人的前程。他评价我有写小说的天赋，真是让我激动不已，或许正是他的评价，使我打定了献身写作的主意。

李果也打定了这个主意。

丁霞在获得自己不会被抛弃的诺言之后，明确表示会给予全力支持。

毕业后，确切地说，是李果为了"负责"，和丁霞结婚后，情况发生了变化。丁霞获得了婚姻的舵柄，开始改变航向。我应该在这里声明，丁霞实施的并不是一种预谋。

李果和丁霞是我们系内唯一拥有婚姻结果的一对。结婚是在毕业一年半的时候，他们参加了工作，结婚的费用丁霞进行了核算，该费用由三大块组成，父母的给予、一年半的积蓄、李果稿费的收入，经过三个半小时的计算，结论得了出来，三大块成了两大块，李果的稿费收入几乎可以忽略不计。

丁霞在城市长大，在李果的诗歌光芒将她的眼睛晃得眼花缭乱的时候，她成为浪漫的俘虏，这和她那时的大学氛围无疑也是相得益彰的，但这个新婚之夜的计算使她暂时忘记了十年后的诺贝尔奖奖金。我们当然不能指责丁霞，她和所有的女人一样，需要的是把日子过好。从城市人的务实精神出发，没有哪个女人会把十年后的钱计算进今天的生活。

一只猫肯定能给生活带来乐趣，否则就无法解释现在饲养宠物的人为什么会越来越多。但对一个雄心勃勃的诗人来说，李果从来就没想过自己也会加入宠物饲养行列，因此当丁霞将这只猫抱回家的时候，李果没有表现出应有的热心。

李果对自己的表现做出了解释。

"我当时在写诗，正陷在一个长句子的推敲中。"李果后来在一家咖啡厅对我说。我点点头，表示同意。李果喜欢跟我说他的生活，他甚至暗示想到我的某部小说中充当一次主角。

丁霞对猫的到来显然比较兴奋，她对伏案写诗的李果说："看这只猫。"

李果扭头看了一眼，说："啊，看见了。买的？"

"同事送的。"丁霞说，"你在写啊？"

"别打岔，"李果没抬头，只挥了挥拿笔的右手，说，"我在措辞。"

丁霞不说话了。想不到那只猫为取悦一下新主人，忽然从丁霞怀里用力一蹿，跳到李果的书桌上。李果显然没有防备，那只猫已蹲在他的面前。要命的是，猫的爪子把李果刚刚写好的诗稿抓得乌黑一团。

"一首写到一半的诗就这样报销了。"李果看着我，喝口咖啡，不无遗憾地摇摇头。

丁霞立刻知道猫闯祸了，赶紧把猫从书桌上抱下来。

李果看着抓烂抓黑的稿纸，把笔一扔，说："你看看，你看看，还不把它赶走。"

丁霞拍拍猫背，好像受惊的是猫而不是李果，说："不就一首诗嘛，你重写就是。"

"重写？"李果空出的右手握成了拳头，说，"你叫我还怎么重写？"

丁霞抱着猫到阳台上去了，不去回答李果的话。

"但我看你还是挺喜欢那只猫的。"我说，把咖啡端起来，没喝，又放在桌子上。

"这家伙的确还是可爱的。"李果回答我。

李果喜欢那只猫，其程度和丁霞也许不相上下。刚一结婚，两个受过高等教育的新婚夫妇马上意识到一个问题，他们目前不能要小孩，倒不是他们不喜欢小孩，恰好相反，他们对小孩都喜欢得有些过分，但他们还是决定不要。经过一段时间的商议，他们达成了一个一致的意见：至少在五年内不能要。以他们目前的工资收入，不足以提供一个小孩最好的抚养。数学系毕业的丁霞（尽管整个大学时期，她是诗歌的狂热爱好者）计算出一份孩子抚育加成长的费用清单，其结果是这份清单只能用在他们夫妻两个人身上，因此，他们把目标定在五年之后。五年，情况会有变化；五年，李果将完成走向诺贝尔奖领奖台的一半距离。当然，从城市人的务实精神出发，丁霞仍然没把这笔巨资计算在内。

"我妈想抱孙子都快想出病了。"李果对我说。

好在他父母和他们没住一个城市，免去了不少耳提面命的教育。李果是家中的独子，在学校时，其孝顺与诗歌的名声难分轩轾。以我个人眼光来看，李果非常想要一个小孩，但想要一个小孩，非得两个人同时用力才行，丁霞在这方面并不配合。我不是要暗示丁霞对性生活不感兴趣，恰好相反，丁霞对李果的抱怨有一条就是因为李果对诗歌写作的投入过多，以至对性生活都发生了轻微的冷淡，但丁霞仍然必不可少地每天定时服用一枚避孕药片。按照她的计算，该种药片她要服用五年。李果想要孩子，但他每月几次的努力不是科学的对手，尤其令他沮丧的是，他后来发现他写出的诗歌数量都无法去和丁霞服下的避孕药片的数量相提并论。他开始怀疑自己是否真正具备诗歌的写作才能。

"我和生活有了距离。"李果后来对我说。

"你的每天都是生活。"我回答。

"我没有其他的爱好，"李果的表情像是在深思，"我不去歌厅，不去舞厅，每天不是在单位，就是在家里。"

“你结了婚，成了家，这可是最具体的生活。”我回答。

“我连情人都没一个。”李果的脸部表情显示出束手无策。

“你想再找个女人？”我不由得一笑，看着他问，“是不是丁霞不能满足你？”

“我不是那个意思。”李果说。

“那你是什么意思？”我问。

“就是觉得没意思，”他说，“你明不明白？”

李果和人谈话的时候，总是爱说“你明不明白”这几个字。他每次对我说这几个字的时候，我不是早就明白了，就是根本不明白。但有件事我十分明白，那就是李果的大量空余时间都花在那只叫“小虎”的猫身上了。我估计他对猫倾注的情感和一个父亲对儿子倾注的情感差不多。很有可能，他因为想要一个孩子，而丁霞明确规定，该项目只能在五年后才能正式实施，因此他把情感寄托到了那只猫的身上。

“那天我真是吓了一跳。”李果后来对我说。

那天他们还在睡觉。李果被闹钟闹醒（丁霞也醒了，但只揉揉眼，又侧过身重新去睡），他得起床做早餐了。他趿着拖鞋先跑到阳台上，想去检查一下“小虎”的睡眠。“小虎”睡在一间由李果亲自打造的小木房里，里面铺着一块对叠的两人已经不用的毛巾。在小木房的入口处，有一只丁霞买来的木碗，里面盛着李果入睡前兑好的牛奶。

“丁霞！”李果的声音突然拐几个弯到了卧室，“你看小虎！”

丁霞正在揉眼，想再次睡着，但李果的声音如此恐怖，比一分钟前的闹钟显得更加突如其来。丁霞的第一反应是小虎凭空失踪，要不就是它自己打开了阳台上的窗子，摔到楼下去了。她赶紧从床上下来，一边跑一边问："小虎怎么啦？怎么啦？"

"你看，"李果伸出右手的食指，对蹲在他旁边的丁霞说，"你看它的眼睛。"

小虎还在，躺在小木房里"喵喵"直叫，它的眼睛沾满了牛奶，两条乳白色的细线从它眼睛里往下直淌。

"你昨晚怎么搞的？"丁霞一边十分严厉地问李果，一边把"小虎"从小木房里抱出来。

"就像平时一样，"李果说，对丁霞的责问感到有些委屈，"不知它是怎么吃的。"

"小虎挺厉害呀，"我说，"把牛奶都吃到眼睛里去了。"

"我真不知它是怎么搞的，"李果对我说，"我当时真是心疼，丁霞用清水洗了半天，才总算把它弄干净。但我刚发现的时候，真是慌了手脚。"

李果继续写诗。尽管离校好几年了，结婚也好几年了。在这几年里，诗歌越来越滑到文学的边缘。李果告诉我，现在的诗歌杂志几乎都没有稿费寄给作者，即使有，也是寥寥无几。而大量的纯文学杂志几乎没有了诗歌的容身之地，这使得他的稿费收入比以前更加锐减。不能说李果在当地的文学界还是无名小卒。我建议他联系几家当地报纸，看能不能开设一个散文或随笔专栏。李果拒绝了。除了诗歌，其他各类文体他都不愿动笔。

"诗歌才是文学的王冠，"他对我说，"你明不明白？"

"我理解你的意思，"我说，"但我觉得你可以扩大一些范围。"

李果不愿意，仍然只是写诗。但他的写作状况与大学时相比，明显下降不少。丁霞是中学的数学老师，需要备课，占用了大量的家庭时间。李果的单位是文联，具体的事情不多，但仍恪守严格的作息时间，尽管没有这种必要。只是，作为一个大学优等生，他保持着令我肃然起敬的敬业精神。李果在办公室时从不花时间在诗歌上面，他宁愿整整一个上午都捧读单位订阅的各类报纸（共计九份），他的解释是不愿意成为游手好闲的一类，但我觉得，他的解释站不住脚，因为文联要求的就是他们能够写出优秀的作品。李果的不写，我觉得是他自信心的退却。这种退却还表现在他下班之后，他为了不影响丁霞的备课（同样是他的解释），回到家中，他的大部分时间是和小虎玩在一起，好像他和小虎发出的声音就不会影响女主人的备课一样，并且，丁霞因为需要备课，李果一力承担了里里外外的全部家务。在这方面，他取得的成就比诗歌瞩目，因为诗歌的肯定需要全国读者，家务方面，只需要丁霞一个。

"丁霞在休息日也不进厨房帮你？"我有一次问他。

"习惯了，习惯了，"李果回答，"她喜欢吃我做的饭菜。"

一天早上，李果在伺候完"小虎"，做好早餐后按时上班。刚进大门，李果就看见传达室的收信栏有一封给他的信件。这是他的一个习惯，一进大门就看传达室有没有给他的来信。李果对信件总有一种热烈的期盼，因为他的信件大都来自某某编辑部，尽管来信数量日益减少，甚至一个月下来也寥寥无几，但他的期待仍是热烈非凡。

那天下班之后，他直奔我的单身寝室。

"今天《诗刊》给我来封信，"他告诉我，"留用了我的一首组诗。"

我可以看出，也能够理解他当时的激动。李果在《诗刊》发表过一次诗歌，那还是在他的大学时期，年代已经久远。我记得他那次发表的是一首十余行的短诗，夹在一个"大学生诗页"的栏目内。几年下来，他给该刊的寄稿纷纷泥牛入海，但他锲而不舍的精神经受住了考验。他的作品数量在家庭生活中每况愈下，自信心的退却也使他在数量有限的诗歌写作中变得筋疲力尽，但《诗刊》的来信使他几乎要垮掉的写作陡然振奋起来。

这是一个局外人永远无法理解的强心剂。李果立即着手一部规模宏大的长诗。

"这首诗我构思了很久，"他不久就向我宣告了他的计划，其表情一片深思，"它是一部长诗，叙事性的长诗，反抒情。你明不明白？反抒情。"

"它会有三百行。"李果沉默一下，又补充一句，好像胸有成竹。

三个月后，他的组诗发表出来。李果跑到邮局，一口气将架子上的该期《诗刊》全部买了下来。我估计他这一口气也花掉了这个组诗的全部稿费。

那首"反抒情"长诗进入了写作阶段，他有时写到深夜，有时写到凌晨；有时他写得兴奋不已，有时又写得沮丧万分。他不时陷入大学时期的写作状态，那是他写作的黄金时代啊。想想看，一个通宵十一首诗歌，那是多么了不起的成就。"如果这首三百行的长诗能够完成，它将是我写作的一个里程碑。"李果告诉我。

但丁霞对李果的突然兴奋性写作显然准备不足。她需要在家里备课，按李果的说法，她还习惯了回家时就在桌上看见李果做好的饭菜。生活并不复杂，它就是每天的桌上有每天的饭菜。李果恢复他的诗人身份后，显然忘记了他的另一种身份，更要命的是，随着这首"反抒情"长诗的推进，李果的性冷淡有了进一步加强。"写写写，你怎么不和诗歌结婚？"丁霞显然不愿意去过"反抒情"的生活。但李果对"反抒情"着迷了，整整一个月，李果从书桌旁起身（时而深夜，时而凌晨），仍然脑袋发热地走向卧室打算睡觉的时候，丁霞已经在床上发出了鼾声。李果躺下去的时候，丁霞会侧过身，将背对着他。

"但我很久还睡不着，"李果后来告诉我，"诗句在我脑中碰来碰去。"

一天，丁霞因为学校开会，回来时比平常晚了将近两个小时。

李果正在伏案，但他手中的钢笔没有在纸上摆动。一个长句子的推敲。他那时又陷了进去。"小虎"蜷缩在阳台和客厅的交界墙角，小声地"喵喵"叫唤。李果因为一个长句子的漩涡围绕，没有让猫的叫声进入他费尽脑力的挣扎。

"你知道写作是怎么回事的，"他后来对我说，"在那个状态下，我什么都听不到，甚至丁霞开门的声音也没有听到。"我点点头，表示理解。

丁霞进门后就没说话。她换了鞋，在换鞋的时候很可能麻痹大意，没有将换下的皮鞋放在地上，而是让它从手中掉落，这就使地板发出了"嘭"的一声。李果仍在漩涡中挣扎。接着，又因为同样的原因（麻痹大意），丁霞在进厕所的时候，碰倒了里面水龙头下面的镔铁水桶，"嘭"声变成了"哐啷"，这一次，因为音质的变化，李果从漩涡中被拯救了出来。"小虎"在墙角，"喵"的一声大叫。

"你回来了？"李果扭过头，对着厕所的方向问。

"回来了！"丁霞的回答干净利落，没有一丝杂音，"几点了？"她又问。

"我突然觉得她在生气，"李果对我说，"但我没弄明白是怎么回事。"

"她对你写诗是不是持反对意见？"我问。我一直不愿意和某个女人结婚，是因为我的直觉告诉我，家庭生活与写作会在某一天爆发出烫伤皮肤的摩擦。

丁霞从厕所里出来，"几点了，李果？"她又问。

一个壁钟就挂在墙上，但她非问不可。

李果这才意识到天已快黑了。他赶紧站起来，"你等等，"他说，"这就做饭去。"

"九点才吃饭？"我说，"你们随便到哪个饭店吃不就行了？"

"不不，"李果回答，"那太奢侈了。你知道，我们得攒钱。要是养成去饭店的习惯，靠两个人的工资哪够？"

丁霞在吃饭的时候还是不作声。李果几次想说，但都把想说的话和一口饭同时咽了下去，桌上的一碗西红柿蛋汤也给了他不少的帮助。他的思绪渐渐转移到桌上那首"反抒情"的长诗上面。一个多月了，那首诗还是没有完成。在那一刻，李果几乎从内心深处开始感觉那首长诗难以为继，他大学时的写作状态随着他的婚姻深入而逐渐衰退，这种感觉使他体会到一种前所未有的恐惧。他想告诉丁霞，但丁霞已经长时间没问过他的写作了。

"小虎"蜷缩在它的餐碟面前，低着头用完它的食物。它吃完后没有动，冲桌旁的两个哑巴"喵喵"叫了几声。丁霞没有看它，李果也没有向它回头。猫走过来，在他们脚旁又叫了几声，发现没有回应，便一路小跑地拐到阳台上去了。

那天晚上，李果尝试补救。作为一个写作者，李果拥有一个无可置疑的长处，那就是不断地对自己进行反省，每次反省的结果都是使他发现了自己的错误。他那晚采取的补救措施是与丁霞做爱。因为李果的性冷淡，几乎可以使丁霞停止服用每天的避孕药片。饭后他没去写诗，先去洗了个澡，领先丁霞整整一刻钟钻进了被窝，但当丁霞上床，与他主动配合的时候，李果意外地发现自己几乎不能勃起，后来当他终于与丁霞完事之后，丁霞还没来得及感受高潮的前奏，李果又不幸地出现了早泄。

丁霞果然开始停止服用避孕药。这是李果后来告诉我的，他们的避孕措施改成了由李果使用避孕套。我后来无意中发现，李果几乎要超过半个月以上才使用一只。

我在一个礼拜天下午到李果家，丁霞没有在家，临近期终考试，她给学生补课去了。

我去的时候李果在睡觉，他睡眼惺忪地给我开门。他身上一点也透露不出曾经在大学时代不卸妆的飞扬神采。他开门给我第一眼的感觉就是他已经备受冷落，这种冷落与其说是丁霞给他的，还不如说是他自己给出的来得切实。

我当然不能说出我对他的感觉。作为和他同样的一个写作者，我能够理解创作力衰退（或者说平庸）所带来的痛苦。"好好写，你有写小说的天赋。"在我写出我的第一篇小说之时，我没有忘记是李果给予的肯定。出于鼓励，他甚至暗示过希望能到我的某部小说中充当一次主角，他的这个愿望我一直没有替他实现，但他还是喜欢和我谈他的生活，从整体谈到细节，从细节谈到细节中的细节。我有时候怀疑他需要的只是一个听众，一个认真的听众，一个使他觉得安全的听众，这个听众只能是我，因为大学时期的朋友已随着毕业分散各地，只有我和他在同一个城市。我的优势还在于，我和丁霞也是老同学，都是原文学社社长的老部下。

他的头发没梳，因为刚刚离开枕头；他的睡衣褶印不少，因为刚刚离开被窝。我想起这个人曾经一个通宵不睡，写出十一首诗歌，现在却换成把一个礼拜天的时间花在睡觉上，我不能不有些诧异，尤其几个月前，他还对我宣告了他一首三百行长诗的写作计划。

我想看看校文学社原社长的长诗。

"我已经有一个礼拜没写它了。"校文学社原社长靠在沙发上，哈欠连连。这使我多少感到有些抱歉。在打出一个最长的哈欠后，校文学社原社长忽然从沙发上一跃而起，三步两脚地奔到他的书桌旁，从这张书桌最下边的一个抽屉里，他翻了翻，然后拿出了三页稿纸。

"你看，这就是那首诗。"他回到沙发上，把稿纸递给我。

我开始看这首诗歌。我发现我对诗歌的感觉已经迟钝，还有一个原因就是这三页稿纸上布满了圈掉的墨迹，勾掉的行次，另外还有一些箭头，表明其中的第十行要调到第六行，而第九行又需要转换到第十五行，如此等等。我建议过他用电脑写作，但他表示还是喜欢纸笔的感觉，为了强调他的立场，他甚至连电脑也没有买。这个立场获得了丁霞的支持。

"怎么样？你觉得怎么样？"我一边看，他在旁边一边不断地问。

这首诗没写完。按照他宣告的计划，我觉得完成的部分充其量也就三分之一。

"等你写完了我再好好读。"我说，把稿纸还给了他。

　　李果好像有些失望，把已经前倾的腰杆又靠到了沙发背上。

　　"我不知还能不能写完，"他说，过了一会儿，说出结束语，"我写得很累。你明不明白？"

　　这是否是承认自己的失败呢？我不敢妄加推测。但他靠在沙发背上的神态给我一种疲惫不堪的感觉。的确疲惫，生活就是这样，在由无限的笑意、哭闹、吃饭、拉屎、恋爱、希望、痛苦所组成的高塔下面，躺着的就是疲惫。你只有躺在棺材里，获得彻底休息权利的时候，才不会觉得疲惫。在那时候，才没人来打搅你，即使地球爆炸了，也不会有人来打搅你。

　　"小虎呢？"我想换个话题，问。而且坐了这么久，我一直都没听到它的叫声。

　　"噢！"李果好像才想起家里还有一只猫一样。他又从沙发背上挺直腰杆，对着阳台的方向"咪呜咪呜"地叫了两声，他动嘴唇的神态和丁霞几乎一模一样。

　　小虎没有应声出来。李果趿着拖鞋到阳台上打了趟来回。

　　"这家伙睡了。"李果说，又靠到了沙发上。

　　那次见面以后，我在很长一段时间内没有再听过李果谈到他的那首长诗。他也许真的放弃了，至少在我们后来的几次谈话中，我没有听到他向我透露那首诗歌的进度。我问过一次，但并没有得到我希望的回答。他只谈论他的琐事，甚至谈到他的性冷淡。真是无话不谈。他就是不再和我谈诗歌。真的，如果你好好琢磨就会发现，生活中什么都不能缺少，唯独可以缺少诗歌。一个人可以一辈子不写一行诗，但绝不会不去过一次性生活。这不是形而上和形而下的较量，这是事实。不幸（也可以说万幸）的是，生活是由事实构成的。

现在李果碰到的事实就是，他的性冷淡逐渐转化成性无能。他开始对丁霞产生怀疑。因为丁霞在家的时间越来越少，原因是她除了正常的学校上课以外，还兼任了两个毕业生的家庭教师。李果被自己的疑神疑鬼弄得心力交瘁。那两个毕业生的父亲都事业有成，在各方面都充满着令李果自卑不已的男性魅力。于是事情就发生了，李果由诗人摇身一变，成为私家侦探，他开始跟踪丁霞。在这方面，他显然没有经过严格的职业培训，私家侦探的身份在一个礼拜内就彻底曝光了。

"啪！"一记响亮的耳光打在私家侦探的左脸上面。

"你怀疑我？！"丁霞大喊。

李果站在门外不敢进来。在那一刻，我不知道他是不是后悔刚才自己躲在树后密切观察丁霞和某个家长的那一幕。他紧张万分，还是跨进了门槛。

"我……"他试图解释，但丁霞没让他把话说完。

"啪！"又是一记耳光。这一次，它落在私家侦探的右脸上面。

紧接着，丁霞开始撕扯自己的头发，在恸声大哭的时候扑向了书桌，"我累死累活，累死累活，你能做什么？你能做什么？"她变得歇斯底里起来，"只知道写写写，你又写出了什么？"抽屉被拉开，里面的稿纸、杂志、剪报开始从丁霞的手中起飞，开始是一页，后来是两页、三页，最后就变得无法统计了。李果捧着脸，目瞪口呆地站在原地。一眨眼工夫，他发现自己那首没有完成的"反抒情"长诗已成为一堆纸屑。

"我要和李果离婚！"第二天，丁霞就告诉我。

"别冲动，别冲动，"我说，"李果这么做，就说明他爱你，说明他爱你。"

激烈的战斗持续到了凌晨。丁霞哭累了，李果站累了（他进门后就没有离开过客厅中央）。只用过早餐的"小虎"看到两个主人不说话了，就下定了走过来的主意，它选择了丁霞，它跑到丁霞的脚旁，碰碰她的裤腿，"喵喵"地叫了几声。

"滚！"丁霞又是一声大吼。李果浑身一颤。"小虎"一溜烟跑到阳台上去了。

为了挽救婚姻，李果做出了一系列值得赞许的努力：他首先吊销了自己颁发的私家侦探的营业执照，这是至关重要的一个步骤；接着，在开始加强身体锻炼的同时，再也不提自己的"反抒情"作品；他开始兢兢业业，将精力转向仕途，这是他以前瞧不上眼的东西。

"在这次的民意测验中，"在一次街上巧遇时，他告诉我，"我当上办公室主任的可能性最大。"他推推鼻梁上的眼镜，又加重语气，"是最大的可能性，你明不明白？"

他穿着一套笔挺的西服，脖子上系着领带，一个严肃的公文包夹在他的左肋下面。

"你还在写吗？"他又问我。

"还在。"我说，然后我告诉他，我正在构思一个中篇。在这个小说中，我希望写出一种带有共性的生活状态，现在人物还比较模糊。

"我要寻找一个较好的载体。"我说。

在我对他说这些话的时候，我注意到李果有几次欲言又止的神态，我没有去问，我觉得我如果问他什么，可能又会去问他的写作是否真的打算放弃，这无疑会引起他的惆怅。这种惆怅，他在我面前已经不止一次地流露出来过。

"小虎呢？"我想换个话题，问。自他们的离婚风波平息之后，我有一个多月没去李果家了。我觉得，在那个时候，我应该做一个知情识趣的人。

"小虎？"李果回答，"送人了。"

"送人了？"我倒是惊讶起来，"送掉干吗？它不挺有趣嘛。"

"忙啊，"李果回答，"丁霞上班，做家教，我也要工作，还要考职称，哪有时间用在它的身上？"

"丁霞也舍得？"我又问。

"是她提出来送人的，"李果说，"我想想送掉也好，家里清静多了。"

"没想起送我？"

"送你？"李果推推眼镜，"你没日没夜地写，送你还不饿死？"

说得倒是。

一个礼拜后，我发现我在写一个短篇。这个短篇我并不想像我以前写的东西一样，在完成后就给李果去看，听听他的意见。说不上什么原因，我不想让他知道，他和丁霞送走的那只猫，已蹑手蹑脚地溜到了我的小说里面。

去买把水果刀

　　放下电话，魏小龙就有些紧张。他一紧张，就觉得喉干舌燥，这是个与他相伴多年的毛病了。"有毛病才是正常的。"我很久以前对魏小龙就这么说过。魏小龙表示同意。他表示同意，其实就是想表示自己是正常的。

　　因此，魏小龙有了一系列正常的生活，每天吃饭、每天拉屎、每天上班、每天睡觉，有时他会来找我，剩下的时间就是谈恋爱——他有女朋友了，他的女朋友叫肖亭，是和他不太熟的一个叫钱再飞的高中同学介绍的（他的这个同学我从未见过，仅此一点，魏小龙和他就不会太熟）。他和肖亭的恋爱进行曲弹奏了两个月零二十一天，在这令人神往，也必将令人回味无穷的两个月零二十一天中，魏小龙收获颇丰，接吻和对女人某一特殊部位的抚摸。他一心想将成果进一步扩大，但由于种种原因（没有例外，都来自女方），他的愿望一直未能得逞。

　　刚才，他像做每天必须做的功课一样，给肖亭挂了个电话。与往常不同的是，这个电话只打了三十秒（和以往的每个至少一千八百秒相比，它实在是短了一点）。魏小龙放下话筒后，望着那个红色的电话机又发了三十秒愣。在这个三十秒钟的时间内，他开始觉得自己喉干舌燥，越来越喉干舌燥，于是，他又要杂货店的老板拿一瓶矿泉水给他。

　　魏小龙的失魂落魄就是从这一刻开始的。

　　肖亭要他去一家叫"名典"的咖啡屋。魏小龙还记得很清楚，他第一次见到肖亭就是在这家叫"名典"的咖啡屋。肖亭的命令言简意赅，要他在十五分钟内赶到那里，有很重要的事情要谈。出事了吗？会出什么事？魏小龙敏感地感觉到肯定是出事了。魏小龙放下电话就开始回忆。两个月零二十一天并不长，他的大脑录像机迅速地把两个月零二十一天的片子放了一遍，没有问题，但他不放心，又把这部连续剧的最后几集重播了一遍，没有问题，他还是不放心，最后几集的镜头被分成几组，一组一组地重播，反复重播，结果仍是没有问题。但肯定出事了。魏小龙对自己的直觉一直信任有加，更何况，他觉得这次的喉干舌燥来得有些莫名其妙。他一口气吞下了半瓶矿泉水，仍是觉得嗓子眼冒烟。

　　他赶到咖啡屋的时候，肖亭已经坐在里面了。脸色严峻，肯定出事了。魏小龙小心翼翼地坐下。剩下的那半瓶矿泉水早已喝完，所以，他现在两手空空。

　　魏小龙的出色直觉得到了再一次证实。果然出事了。肖亭提出分手，言简意赅。魏小龙虽有准备（在路上他不是没有想到过），但准备不够充分是显而易见的。他尝试改变对方的主意，但喉干舌燥的感觉几乎使他不能顺畅地说完一句有说服力的话，他用了很多办法，用得最多、也最没效果的就是他一再试图让对方意识到，这是他们初次会面的地方。但是很不幸，魏小龙说出这句话的时候，咖啡屋正在播放的流行歌恰巧唱到"从哪里开始，从哪里失去"。他这一天的日子看来是注定不好过了。

魏小龙一直在咖啡屋坐到天黑。肖亭在三小时前就已经走了。魏小龙头脑发涨。这是他的第一次失恋，无所适从是必然的。他总想搞清楚原因，但搞来搞去还是一头雾水。肖亭的原因十分简单，"我们性格不合"，这就是理由。魏小龙根本找不到"性格不合"在什么地方。他坐了三个小时，前后共喝了八杯咖啡。在他喝第八杯咖啡的时候，他的直觉又隐隐约约地告诉他，失恋的不幸还没完，还会出什么事。果然，祸不单行，当他终于想到要回家的时候，准备掏钱包买单，祸不单行，他发现钱包失窃了。

魏小龙要发炸的大脑几乎无法控制。顷刻间，一个要杀人的念头在他心里面"腾"地冒出。当然，这个念头只是冒出，冒出而已，魏小龙什么时候敢去杀人？长到这么大，魏小龙的双手只沾满过三只鸡的血、两只鸭的血、三十八条（估计）鱼的血、二百六十八条（再次估计）鳝鱼的血，另外就没有了。魏小龙的双手是清白的，绝对清白，这点我清楚，随时可以作证。

现在问题的重心转移了，失恋固然痛不欲生，但衣冠楚楚地坐在咖啡屋不能买单，无疑更让人丢脸。他可以在一个人面前丢脸（事实上他刚才在肖亭面前做到了），但绝不能在大庭广众面前丢脸。因为那实在是太丢脸了。

魏小龙开始紧张地在座位上东张西望。在他东张西望的时候，他竭力回想钱包是什么时候失窃的。其实答案他早就有了，在他搭乘那辆该死的中巴之时，一个穿黄夹克的青年在他身边蹭来蹭去，后来，在两个站的中央，他忽然叫中巴停住，飞快地下了车，又飞快地横穿马路，飞快地越过马路中央红白相间的栏杆，飞快地到了马路对面，飞快地拐进一条巷子。一句话，他一下车，就飞快地消失了。在这个过程中，魏小龙一直盯着他，并不是魏小龙对他有所觉察，而是魏小龙那时喉干舌燥，处在精神的极度紧张之中，因此，黄夹克青年的敏捷身手勾起了他的羡慕和几分不折不扣的嫉妒。

需要买单，这个现实无比的情况一下子使魏小龙清醒过来。有那么一两秒，他甚至忘记了肖亭给他的非同小可的打击。但买单这个难题，魏小龙倒是令人钦佩地立马解决了。他给我打了个电话。他知道，在这样的难题面前，我责无旁贷，会挺身而出的。

要一个失恋的人独处受到打击后的第一个夜晚无疑是不道德的，是残忍的。魏小龙也没打算这么做。在我提出建议之前，他就已经表示要到我租住的寝室去。我比他大三岁，在很多事情的处理上，他都喜欢参考我的意见。他对我唯一不佩服的地方就是我的写作。他看了我最近写完的一个叫《家猫》的短篇，我在这个小说中描写一个诗人因为长期写作而导致性无能，婚姻险些崩溃。他说："你看，你要是也写到这个地步，那还有什么意思？"当然没意思，但什么事又有意思呢？譬如现在，经过两个月零二十一天的神魂颠倒，魏小龙获得了一个失魂落魄的结局，难道这有意思？

我和魏小龙搭中巴回家。天已经黑了。车上的人不多，加上我和魏小龙，三男一女，共计四人。魏小龙坐在靠窗的位置上，眼睛一刻也没离开他前面那个女乘客的后脑勺，嘴唇抿得很紧。他在等我说话，我知道，但我不知说什么好。我知道今晚会有一次长谈，话题的中心人物将是肖亭。我想把这个话题能延迟多久就延迟多久，因为我对肖亭没任何好感。现在，魏小龙的样子使我感到担心，我担心他哭起来。他比我小三岁，我见过他哭，在他小时候就见过，就是现在，我也觉得魏小龙还没有长大。

肖亭肯定比他成熟。我第一眼见到她就有这个感觉。那是两个月零二十一天之前，魏小龙把她带到我的寝室。她把这间面积十二平方米的房间扫视了一眼，她的脖子先从右边转到左边，又从左边转到右边，尽收眼底了，天花板也被她的余光扫过，尽收眼底了。一张钢丝床（上面的被子永远不叠），一张沙发（同样放有一床三个月没洗的被单），一张书桌（码着两堆书，旁边配置一个烟缸，堆满的烟蒂少说也有四十个），一台电脑（电脑桌下同样散布着长短不一的大约十来个烟蒂），在靠墙角的地方，有一个装满梨子的纸果箱。她对此发出疑问。我解释说我因为常常通宵写作，抽烟抽得太多。梨子的作用有二：一、润肺，二、充当夜宵。这是我的老毛病了，总爱在年轻的女性面前展示我的写作和与写作有关的附件。

我点起一根烟。作为一个烟鬼，我从肖亭的眼神中看出她也想来一根，于是我就问她抽不抽，她接了过去，真是大方。按我的经验判断，抽烟的女性大凡有过一些阅历。我觉得肖亭是个有性经历的人（关于这点，我很快得到了证实），但魏小龙没有，这点我清楚。从这点来说，我就不愿意肖亭成为魏小龙的女朋友，但魏小龙显然对肖亭已经一见钟情。我不愿意干涉别人的私生活，就像不愿意别人来干涉我的私生活一样。魏小龙喜欢肖亭，从他不制止肖亭抽烟这一点我就能感觉出来（魏小龙自己还没学会）。我当然不能阻止。

我在三个礼拜后对肖亭就产生了厌恶感。那天她的一个朋友过生日，她和魏小龙去吃生日饭。饭后节目是到歌厅唱歌，大概嫌人少，肖亭建议把我叫过去。魏小龙给我打电话，没想到我去后发生了意外。

肖亭不唱歌，至少我去后没见她唱过一首，但她喜欢跳舞，无论是谁一展歌喉的时候，她都要和魏小龙跳舞。在第十首歌的音乐响起来的时候，魏小龙因为喝多了啤酒，起身去找厕所，肖亭把头转向了我。一个女人主动邀请一个男人跳舞，这个男人当然不能拒绝。于是我和她跳了起来。想不到意外出现了，肖亭开始用一种神秘莫测的眼光在我脸上扫来扫去，我心里的厌恶感就在那一刻产生。我说别跳了，算了吧。别嘛，她说，你跳得这么好，别嘛。在她话音未落之际，她的胸脯突然向我身上贴了过来，我当即松手，心想难道你不知我是魏小龙什么人，但肖亭不想放手，反而用力去握我的手。我低下头，对她冷冷地，低声说道，你想当众挨耳光吗，她眼里神秘莫测的光顿时暴露出害怕的原形，赶紧把手松开。

我提前走了。魏小龙没觉得奇怪，因为他见惯了我的一些出人意料的行径。事后好几天，我都在考虑要不要把这件事告诉魏小龙，但我知道，如果魏小龙听到这事，肯定会受不了，他会干出一些傻事，这点我知道。我了解他，而且，再没有比我更了解他的人了，他会失去理智。一个没了理智的人，肯定就会干出傻事。

我瞒着他，这点我倒不内疚。世界时时刻刻都在发生一些事情，你不会都知道的，而且，有些事知道了也不会有好处。你需要关心的是，睡下去，第二天还会醒来，这就够了。太阳底下无新事，我的理解就是，太阳底下没什么大不了的事。

那天以后，肖亭没到我寝室来过（她当然不会来），魏小龙也没来，他忙于上班、恋爱。过了几天，我也就忘了。但我知道，他们分手是必然的事。我也希望他们分手，越快越好。因此，我现在和魏小龙坐在中巴上，尽管魏小龙失魂落魄，我倒觉得这不失为好事一桩。我一点也不沉重，像那次瞒着他的歌厅事件一样，我对我的轻松并不内疚。

在一个路口，中巴车停了下来，上来一男一女，这是一对恋人。可以描绘一下，在上车之时，男青年把手放在女青年的腰上，好像他不在后面使劲她就不能上来一样。一上车，男青年将放在女青年腰上的手又挪到女青年的肩部，女青年又很自然地把手放到男青年的腰部。必须一刻不离，恋爱中的男女就是这样。但他们的动作显然刺激了魏小龙的神经系统，他微微偏头，凶恶地看了男青年一眼。认识魏小龙这么多年，我还是头一次看到他露出如此凶狠的眼神。幸好男青年没有发觉，他搂着女青年坐到了中巴的最后一排。目标失去了，魏小龙才又把头偏回来，继续盯着前面那个女乘客的后脑勺。

过了五分钟，中巴还停在路口，这是中巴令人感到可恶的地方，明明没人上车了，售票员还站在车下，对着没人的街道、天桥，扯开嗓子大喊："9路中巴，一块一个，有座位，一块一个，有座位。"司机则对着同样空旷的马路对面大喊："9路中巴，一块一个，有座位，一块一个，有座位。"这是中巴令人感到可恶的地方，一停下来，就总是不走。

车上有人不耐烦了："开车开车，还要等多久？"

司机好像聋了，乘客的话一句也听不到。

"你他×还不开车？！"突然，坐在我身边的魏小龙厉声大吼。

"就走就走。"司机的耳朵突然恢复了听力。站在车下的售票员也听到了，一个箭步冲上来。司机迅速挂挡，车开动了。

认识魏小龙这么多年，我还是头一遭发现他的嗓音如此洪亮。看来不会哭了，我放下心来，而且，我在旁边，他不会失去理智，不会去干傻事，这点我清楚。

下了车，魏小龙还是嘴唇紧抿。说实话，我的担心越来越有所松动，因为肖亭实在是一个不值得魏小龙为之痛苦的女人。但是，魏小龙痛苦，他陷进去的程度是我当时没有料到的。这种痛苦对我而言，是很多年以前的事了，我已经全部忘得干干净净，而且严格说起来，我也刚刚失恋。三个月前，我和我的前任女友爆发了一场殊死而又难忘的战斗，其结果是她搬出了我的这间十二平方米小房。和魏小龙截然相反，我感到无限轻松。令我感到麻烦的是，我的前任女友总还时不时地打电话给我，我都快烦透了。因此，当我们踏上宿舍楼梯，在黑暗里一步步走上阶梯的时候，我只回头问了句："你现在没事了吧？"

魏小龙没有回答，我听到身后有一阵牙齿咬动的声音。

开了门，我把灯拉亮。魏小龙跟在后面进来，一屁股就在沙发上坐下来，脖子靠在沙发顶端，两条腿伸展、叉开，眼睛直瞪瞪地望着天花板，就像那里有什么东西吸引了他的注意力一样。但是没有，我知道那里没有，什么都没有，而且我知道，魏小龙什么都没看。他的呼吸有些急促，使他的胸脯不断起伏。

"你没什么事了吧？"我又问。

魏小龙还是没有回答。我知道我问的其实是句废话。魏小龙现在需要的是安慰，是理解，是我给他提出一些参考意见，用于他目前的人生指南。当然，也许他什么都不需要，只要有个人坐在旁边就行。

魏小龙突然大哭起来，伸直的两条腿收拢了，他的肘弯架在膝上，整个脸就埋进合在一起的两个手心。我赶紧站起来，走到他面前，说哭什么，你哭什么，为一个那样的女人，值得吗？但魏小龙不说话，一个劲儿地哭。我又说，何必呢，何必呢，不就是女朋友走了嘛，这么伤心干什么？而且那个肖亭，不值得你这样，不值得，真的不值得。

但在那样的情况下，要一下子使一个失恋的人解脱出来，什么样的语言都是无效的，尤其是对魏小龙，这是他的初恋，要一个晚上就使他解脱，是根本不可能的。这点我清楚，但也只是清楚，我能说什么呢？

我只能提出一些建议。

"去看场电影？"

"去打打台球？"

"去走走？走走好。"

"……"

总算没哭了，但我的建议说了都像没说一样，魏小龙一概不予采纳。我不喜欢他哭，尤其为一个女人。我也不愿意他沉默，越沉默，就越容易胡思乱想；越胡思乱想，就越容易出问题。我觉得应该做点什么，随便什么都行。做什么呢？我的问题被一种声音解决了，是从我肚子里发出的。我突然想起今天还没吃晚饭，就说："还没吃饭吧？不如现在一块儿去吃一点。再怎么样也要吃点东西吧？"

"我不饿。"魏小龙总算说话了，把头抬起来，眼睛望着我坐的地方，但他的眼睛没在看我，好像要透过我去看另外一种东西。难道我背后有人？

"但总得吃点吧。"我说，"吃点水果？还有梨子。"

这一次，魏小龙没说不饿，于是我就起身去拿梨。我拿出两个，但我发现水果刀不见了。在我这间杂乱不堪的房间，一把水果刀突然失踪是毫不意外的。

"我去买把水果刀来。"我说。

我正要出门，没想到电话铃响了。

我拿起话筒，电话是我前任女友打来的。

我一边穿夹克，一边和她说话。我一点都不愿和她长谈，但她并不认为我们三个月前的那场战斗已经结束。她现在是一个顽强的战士，希望攻下我这个堡垒，就像我以前去进攻她那个堡垒一样。

魏小龙见我的电话战役打响，一时半会儿还不能鸣金收兵。他站了起来，说："我去买刀。"

我想把电话挂掉算了，但我觉得让魏小龙出去走走也好，就把脖子一歪，把电话夹在下面，腾出手掏出钱递给他，说了句你快点回来。

但他没有回来。

从他出去到第二天晚上，魏小龙花费二十几个小时，成为全市新闻人物。

他上了电视。

电视台的主持人严肃地向全市市民报告了他从我房间离开后的全部过程。我把该主持人的报告抄录如下：

"昨晚九点二十五分，我市××街发生了一桩血案。

××公司职员钱再飞同其女友肖亭在××街被人袭击。

犯罪嫌疑人魏小龙用水果刀在钱再飞腹部连刺四刀，钱再飞在送往医院途中已经死亡。犯罪嫌疑人被当场抓获。肖亭现已下落不明。此案的案发原因，公安部门正在进行进一步深挖。我台对此案将进行全程跟踪报道。"

第二天，我从公安局回来，又接到我前任女友打来的电话。

"小军？"

"是我。"

"我看了电视，你弟弟……他杀人了？"

我握着话筒，一个字一个字地回答："小龙不是凶手，不是杀人凶手。"

是的，无论从哪一个角度出发，我都不能接受我的弟弟魏小龙是杀人凶手。

一起吃饭，一起喝酒

我再也不能忍受田茂对我的指手画脚了，但田茂自己一直都不觉得。在他看来，我这个人天生就是要被他数落的。我在有一天忽然发现，这个患有甲亢疾病的人总是在把那双鼓凸的眼睛望着我时，好像从中找到了莫大的乐趣。就在昨天晚上，他当着林国强和朱投的面，又对我进行了一番痛心疾首的攻击。我决定不再忍受下去，我得给他点颜色看了。

"小军，你要我怎么说你？"每次都是这样，他对我指责的开场白从来就没有变过。

"我又怎么了？"我回答他的时候有点莫名其妙。

林国强和朱投也用同样的表情看着我们。

没错，我又怎么了？这点我自己一下子还没有搞清。而且说到底，我当时一点也不想出门。我为什么不想出门？原因很简单，当时一个女人正宽衣解带地躺在我的床上。为了这一刻，我和自己搏斗了差不多整整两个月。在这种情况下，我想干的事肯定不是出来奔赴一张油腻腻的饭桌。田茂这时候打电话叫我了。一听是他的声音，我就心生不满，但我还是原谅了他，并没有对他发作。

之所以有这顿酒宴，是因为林国强从海南回来。他到那里搞房地产已经四五年了，他是怎样搞的我并不怎么清楚，从模样上看，钱是赚了一点，但和我们都没关系。尤其是我，我已经不太希望这样的聚会像十年前那样经常举行了。这是特别无聊的一件事。我喜欢一个人待着，不去打扰别人，也不希望别人来打扰我，尤其是朋友。朋友在一起久了，看不起彼此是正常的，特别是赚了钱的人。这也是我并不积极响应的一个重要原因。只是林国强每次从海南回来，我们都会像目前这样聚上一聚，第二天再各奔东西。

"给你打电话都半小时了，才来？我看你八成又是在干坏事，对吧？"田茂的眼睛看着我。我实在不想提他那双眼睛，十年前他就得了甲亢，尽管药在几年前就停了，那双眼睛一直还鼓凸在外面，没办法缩进去。和他对视久了，我心里总是难免有点发毛。我自己猜想，大概就是这个原因，他总觉得我有点不敢直视他的锋芒，因此就养成了对我指手画脚的毛病。原因当然不仅仅如此。

×的，我干没干坏事和你又有什么关系？这句话我没说，尽管我非常想说。我为什么没说，当然有点原因，但我在那时已经有点不耐烦了。

"我总得把拖鞋换成皮鞋吧？"我说。

"换鞋要半小时？"我的态度激起了田茂的严重不满，他对林国强、朱投说，"你们看看，你们看看，这个人就是这样，就是这样。"

"没得治了，是吗？"我帮助他把话说完。

"但你动作不会快一点吗？"他说，好像有点不满。

"怎么个快法？"我真的很厌烦他说话时的这种腔调。

林国强发现这样说下去会出现不好的场面，赶紧把话题岔开。

"你最近在干什么？"林国强转过头问我，"还在写小说？"

"可以不谈我的事吗？"我这时发现林国强又掉了一片头发的额顶也有点令人讨厌。

"好了好了，"林国强把手一挥，说，"还没结婚？"

"结婚干什么？"我说，这个话题让我特别不耐烦。

我的看法就是这样，结婚有什么意思？这个我十年前的同学是在三年前结的婚，他老婆也是我们同学，比他还大上几个月。我一直没有搞清，是不是这个原因使他耿耿于怀地觉得自己吃了亏，但那时候也没人拿刀架在他脖子上逼他结婚。我记得他那时手忙脚乱地准备结婚事宜，简直是不顾一切的样子，成为他老婆的那个女同学也不一定有他那么急迫。他当时给我的感觉是，如果不马上结婚，那个女人随时就会从他眼睛里消失。

但她没有消失，很顺利地成为他的老婆。我觉得这是他的一个败笔。事实上，他在婚后也发现了，这的确是一个败笔，因为那女人将其管得严严实实。这是不是他开始喜欢攻击我的另一个缘由呢？因为我没有结婚，也因此尝到了比他更多的人生乐趣。而在他眼里，我是算不上一回事的。十年前的读书生活中，他之所以和我们成为朋友，我觉得他是在那时就有一种无与伦比的优越感。一个有优越感的人总喜欢多交朋友，最终的目的只是为了继续提高自己的优越感。这个道理在十年前我不懂得，因此我们成了朋友，当然还包括林国强和朱投。

我和田茂在今天是不是还称得上是朋友已经难以那样肯定了。我们的见面已经日益减少，这和我们的性格有关，也和人的变化有关。田茂目前的名片上有很多头衔，他是会计师、经济师，还是××建筑公司的特别顾问，购了房，买了车，唯一让他感到有所欠缺的是，结婚三年了，一直没有与老婆合力生出一个儿子或女儿。

和他相比，我的变化也较为突出，从学校毕业到现在，我过着越来越叮当响的穷日子。这使得田茂在对××建筑公司进行一番特别顾问之后，喜欢对我的个人生活也顾问一番。他对我的顾问方式就是希望我去他那个××建筑公司任职，那会是一个什么职位呢？不管是个什么职位，我觉得那都是次要的，我总感到，我如果到他那里去了，我们之间已经失衡的关系将彻底变成一个另外的样子。那个另外的样子又到底会是个什么样子呢？我感到这不是一句话就可以说清的。事实上，这世界上有什么事可以用一句话说清呢？你越说，想说的事情就越说不清楚。我能知道的是，那个另外的样子是我很难接受和忍受的。

"你们看，你们看，"田茂对我的不满又开始发作了，说，"他这个人哪，你们来说说他，你们来说说。"

我真的感到不耐烦了，我甚至觉得，林国强这王八蛋最好是不要回来，他一回来，我就得忍受我不愿意忍受的东西。

"不结婚嘛，"林国强说，"也不是什么坏事，对吧？"

我特别讨厌这种腔调。十年下来，我觉得林国强也变了。他是因为有钱了，有钱就会有变化，这点我并不是不能够理解，我讨厌的只是他变出的这种腔调。那背后是什么意思？腔调唯一没变的是朱投。自从他被田茂安插进那个××建筑公司之后，他的腔调也不大可能有什么改变，如果说有，那也只是对田茂的语气显得更加谨慎。在他看来，田茂已从他的朋友上升为他的领导了。什么是领导？我们当然不能按词典标出的定义来解释它。

朱投有一天来找过我。他来的目的是希望我接受田茂的意思，到那个××建筑公司任职。

"你知道，那没什么不好。"他说。

"我知道，"我回答他说，"我懒散惯了，这点你们都清楚。"

"是呀，是呀，"朱投说，"我们是清楚，但你老这样也不行呀。"

这话和田茂简直如出一辙，我顿时就不耐烦了，说："你就当我是狗咬吕洞宾，行了吧？"

"狗？"朱投一下子慌了，"你这里有狗？"

我差点没被他这句话搞蒙："你他×在说什么？"

"你说你这里有狗？"他还是显得有些慌张，左右看了一下。

"没有没有，"我懒得再说别的，说，"你好好干就是。"

"没有？"朱投瞪大眼睛，像是传染了田茂的甲亢一样，"你刚才说到狗了，你说到了。"

"但我这里没有。"我越来越不耐烦，就只愿意再说上这么一句。

我不知道我目前的状况是不是到了让人担忧的地步。六年前我从单位辞了职，原因特别简单，在我一次生病住院的时候，为打发时间，从一个同病室的人那里拿过一本书，是本小说，我看了几页，觉得很臭。那个病人告诉我，该书作者是目前声名显赫的一位小说家——天哪！这样的小说就可以使人出名？我简直不敢相信，我忽然就打定了主意，我应该去写小说。就这么一个原因，我辞职了。现在六年过去了，我既没有出名，也没赚到多少钱稿费。只是六年过去了，我还是觉得我能够把小说继续写下去。我说出这句话的理由不是要感动你，它完全是因为我自己需要。说到底，这世界已经没什么东西能构成对人的感动了。对我来说，你可以觉得我十分可笑，但担忧是我不能接受的。

但不只田茂，林国强也对我流露出一定程度上的担忧。有一次他回来时，在我们觥筹交错之后，他忽然说："小军，我看你不如和我一起去海南。那里好，那里好。"

"好在哪里？"我说。

"可以把日子过好点嘛。"

"你是不是觉得我现在过得不好？"我说这句话的时候特别不耐烦。

我为什么会对这样的提议感到有点不耐烦？在这个方面，我知道我自己是有问题的，但关键是，我没办法找出这个问题到底是出在什么地方，我只是讨厌那种腔调。没错，就是那种腔调。在我们每次坐在一起吃饭的时候，我就被这种腔调围住了。我下过决心，谁也别他 × 再用这种腔调和我说话。让我感到恼火的是，我竟然一直没有从这种腔调中彻底离开过。我知道了，问题还是出在我自己身上，而我对此居然一筹莫展。

"你这次回来待几天？"我不想回答林国强关于婚姻问题的事，就换个话题。

"两天，"他说，"那边太忙了，走不开，走不开啊。"

× 的，这种腔调又来了。

"我看我们还是加强一下横向联系，加强一下，"田茂忽然对林国强说，"那个项目是可以合作的。"

"那当然，那当然，"林国强把酒杯端了起来，"这主意好，主意好啊。"

他们开始谈论"那个项目"的合作问题。在他们谈论的时候，说了很多我很少听到的句子，我不熟悉，因此也没办法把那些谈话记录下来。临到最后，他们把杯子举起来，他们一举，朱投也赶紧把杯子举起来。我实在不想举，但在这个情况下，不举是做不到的，于是我也把杯子端了起来，四个杯子碰在一起，玻璃杯发出一种像要破裂的声音，然后我们都把杯子里的酒喝完了。

我们这个举动使我想起很多年前，我们经常这样坐在一起，经常这样把杯子里的酒仰脖子喝光。这真是奇怪，酒还是酒，我们还是我们，但另外的东西开始出现了。我愿意承认，这种另外的东西使我有点沮丧，也使我对自己感到有点失望。你大概和我一样，不会去喜欢这种感觉。

这时朱投的手机忽然响了起来。他看了一下号码，就把电话贴到耳朵边说了起来。

"喂，喂，小莉啊，我现在和田总、林总他们一起喝酒……听不大清啊，你说话大声一点……是啊，是啊，今天晚上会晚点回来……你大声一点，大声一点……是啊，林总刚回来，下午到的……你声音怎么这么小……你先玩，我会晚点回……没听清？我说我会晚点回……你声音大点，大点……什么？是我这里太吵……好好，算了，我会回来的，你玩，你玩。"

"你看，你看，"田茂又把头转到我这边了，"连朱投也找女朋友了，你也得固定一个嘛，老那样怎么行呢？"

"我哪样了？"我真的感到不耐烦了。

"我说小军，你怎么不理解我的意思？"他说这句话的时候，那双灯笼大的甲亢眼睛一直望着我，我把酒杯端起来，没和他碰，一口喝光了，说："这是我自己的事，你就别操心了。"

"你看，你看，"他坚持说下去，"朱投的女朋友就是我给介绍的，不是挺好嘛。"

挺好？有什么挺好的？如果连找个女人也要田茂来介绍，我觉得那是他×的不走运到家了。我不记得从什么时候开始，田茂就喜欢介入旁人的个人生活中来，这是我特别厌烦的，就好像你的生活中忽然出现了一只手，它不由分说地想拽住你，把你拖到你根本不想去的地方。

我真是一点也不愿意他对我伸出一只这样的手。这个××建筑公司的特别顾问对我的私人生活怎么这么关心？他想通过这件事来体现什么呢？是对我们的十年交情来个总结吗？那实在是没必要吧。在这几年里，我换了不少女友。除了老婆之外，我一点也不知道田茂是否还碰过别的女人，这个问题他保持着一贯的规避。

让我说明白点吧，在这样的酒桌上，我愿意谈的话题是女人，而不是什么××建筑公司和那个远在海南的××房地产公司，这些公司和我有什么关系？我只愿意和女人有关系。难道在这个时代，色彩最斑斓的不是女人吗？能给一个男人实实在在慰藉的不是女人吗……

当这些想法从我心中涌上的时候，我忽然就想到了那个女人，她现在还躺在我的床上。在我被田茂叫出来之后，她还没有从我房间里离开，她在等我回去，等我回去后，给我一次伟大的灵感。

——这是她第一次在我面前宽衣解带。她当时脱掉衣服之后，见我几乎还没动静，感到奇怪起来。

"你怎么不脱？"

"呃……等等。"我一时还真不知怎么回答。

她脱光了，躺在床上。我想我应该行动了，但这时候田茂的电话来了，他说林国强从海南回来，我们几个老同学得聚一聚了。

这个电话很煞风景，我找不到不去的理由，尽管没有这个女人，我也一点不想去，但很多事都是没办法的，于是我只能磨磨蹭蹭的……她于是提了建议："我们动作快一点，好吗？"

没想到，她竟会提出这么个建议。她发现我在犹豫，就大度地把我推开，说了句："你先去，我在这里等你。"

"小军啊，"田茂又语重心长地说，"我知道你不缺女人，但男人嘛，应该事业为重，事业为重嘛，你说对不对？"

事业？这个词有点新鲜。但他所说的"事业"到底是个什么意思？

他一路又说下去："你那个小说嘛，我看还是别写了，你也写了这么多年，你看看，搞出什么名堂来没有？没有嘛，对不对？"

我突然发现我们之间的很多东西已经没有了，是什么东西呢？我觉得，他已经从朱投的朋友上升为他的领导了，是不是他也想在我面前上升为一个什么角色呢？他说的这句话又是什么意思？我写没写出名堂和他又有什么关系？

"你到底想说什么？"我望着他说。

"小军，"他的眼睛往林国强那边扫了一下（什么意思？），说，"我这么说可是为你好，你看看，能在一起十年的朋友能有几个？对不对？"

对不对？什么时候喜欢只说一半的话了？告诉我，什么叫"对不对"？

"是不多，"我说了一句，"但那又证明了什么？"

"你这就不对了嘛，"田茂不悦地说，"这么多年，你说说看，我什么时候忘记过你？"

我真的感到有点难以回答了。

"我们多久没见了？"我忽然说。

"多久？"田茂一愣，"没多久嘛，啊？"

林国强这时说话了，他把杯子对我举了举，说："小军你别这么说嘛，都是老同学、老朋友，这么说有什么意思？对不对？"

×的，又是一个"对不对"。

我还没回答，林国强继续说下去："你看，我和田茂已经谈好了，我们这个项目拿下来，就冲我们的感情，你两边跑一跑，拿百分之十提成，你看怎样？"

"百分之十？"说话很少的朱投忽然吃惊地插了一句，"田总你的意思不是让小军只拿十分之一吗？又百分之十了？"

我一时还真的愣了一下，百分之十、十分之一，这是两个不同的概念吗？

"哈哈，"林国强忽然笑了起来，拿筷子指了指朱投，"幽默，幽默啊。"

朱投好像还没搞明白林国强是什么意思，但林国强的话使他显然有点不知所措。他望望林国强，又望望田茂，想从他们的脸色中找到自己在什么地方出现了幽默。

但林国强只提着筷子指了指他，田茂则横过脸，对朱投狠狠地看了一下，他这一眼使他的那双眼睛向外鼓得更加厉害，我当时几乎要动手把一个茶杯放在他面前，我担心他的眼珠会因为这一鼓而掉下来。

不过我的担心实在多余，田茂把头又转了过来，对我打个哈哈，说："十分之一、百分之十，一样嘛，一样嘛，对不对？"

"我得上个厕所了，"我说，"酒喝多了。"

我推桌起身，向站在我后面的服务小姐问厕所在什么地方。

那个小姐很顺从，对我弯了弯腰，说左边过去，最里面就是。

我按着那个小姐的指点一路走过去。我感到那股尿已经憋得有点厉害了。这使我对自己产生了不满情绪。×的，我怎么不在尿意刚刚上来的时候就起身找厕所呢？我当时在想什么？每次林国强回来，我们就得像现在这样聚上一次，我怎么就没拒绝过一次呢？我是因为什么？一种可怕的念头忽然涌了上来——我是想得到点什么吗？但那又到底是他×的什么？我知道得很清楚，田茂和林国强根本没把我放在眼里，就像我根本没把他们放在眼里一样，我为什么会有这种想法？我觉得，大概是我觉得生活实在是太无聊了。我这么想的时候，又突然间感到自己真是沮丧到极点了。

"×的，×的！"一个声音忽然在我旁边响了起来。

我微微侧头，是一个男人正和我并排站在小便池前。他一边撒尿，一边骂个不停。

他忽然看了看我，忽然就说："老兄你发现没有？"

"什么？"我一点也不习惯在撒尿的时候和人说话。

"我只喝了一瓶啤酒，但他×撒出来的尿可以装满两个酒瓶。"

我觉得有点好笑，但懒得去回答。

"是真的可以装满两个酒瓶，"他大概觉得我是不信，就说，"你没有这个感觉？"

"没有。"我感到没办法不回答了。

"没有？"他有点惊异，"你没试过？"

这是什么意思？

"没有。"我有点不耐烦了，但还是回答了这两个字。

"那你真要试试，"他撒完了尿，把那玩意儿塞回去，将拉链一拉，又说一句，"你真要试试，不信你现在回去再喝一瓶，我敢保证，你绝对又能撒出两瓶酒量的尿来。"

我忍不住了，"你是不是吃饱了撑的？没事算这个？"

"咦？咦？"他有点吃惊了，眉头一皱，说，"你也太没味道了。"

我觉得我有点火了，就又说一句："你他 × 想要什么味道？"说完这句话，我就从他身边走了过去。在厕所门关上的时候，我听见他在里面又喊了一句："老兄，你试试吧！这是很有意思的事！"

我觉得我真是撞见了一个疯子。

回到桌旁，朱投又在打手机了，听他说话就知道，是那个什么小莉的电话，他一个劲儿解释会晚点回去。田茂和林国强在一旁交头接耳，两个人都喝得差不多了，脸色发红，已经喝光的十来个啤酒瓶摆在桌子下面。这个场景使我突然感到这实在是无聊透了，而这就是我所过的生活吗？我以前从来就没有这样设想过我的生活，生活到底是什么东西？我沮丧地发现，我越来越找不到一个答案了。

我还是走了过去，就像走进我的生活一样。我在我的位子上坐了下来。

"你说，你说，"我坐下去的时候，田茂正俯身对着林国强，"你说的那种药真有这么灵？是真的吗？"

"我什么时候骗过你？"林国强回答，"是海南新近开发的一种药，对付甲亢特别有效。"

田茂又问："贵不贵？"

"不贵不贵，"林国强回答，"一个疗程一千块，见效快得很。"

他们说的这个话题也是我不愿意参与的一个话题。田茂的甲亢很严重，但现在已经好了，唯一让他忧心忡忡的是，那双鼓出的眼睛一直不能缩回到眼眶里去。按医院的说法（他看病的那家），他还需要进行一次手术，但他不愿意去做，因为他割过一次包皮，对手术的可怕进程记忆犹新——刀子剜进肉里的感觉的确令人难以接受。

见我坐下来，林国强又起身了，他也要去上一次厕所，田茂也跟着起身，大概他是很想知道林国强所说的特效药还有些什么其他内容。

剩下我和朱投了。

"你说为什么会一样？"朱投的电话打完了，突然问我。

"什么？"我不知道他要问的是什么。

"我是说十分之一。"他的身子俯过来，说，"田总一直跟我说你是提十分之一的。"

"你是说他们突然要给我百分之十了，是吗？"我说，真感到有点想笑。

"是呀，是呀，"朱投看上去有点紧张，"一下子涨这么多。"

我真不愿意和他把这个问题谈下去，就说："原因你自己去问田茂就是了。"

我这时真想回去算了。那个女人还在我的床上，她在等我回去。回去干什么呢？不就是那么一回事吗？在这个时候，我发现和女人在一起也是特别无聊的一件事。我发现，经过两个月的搏斗，我下的决心并不是我以为的那样稳固。这世上什么事可以不无聊呢？这个饭店里的那么多人都好像在兴高采烈，有什么事值得兴高采烈的？

田茂和林国强刚一回来，朱投又起身去厕所了。

我张望了一下，这个饭厅的人几乎都在轮着上厕所。每个人都像和厕所干上了一样。这个想法一冒上来，我就知道，整个晚上我最真实的想法就是这个。

"小军，你怎么看？"田茂忽然问我。

"什么？"我正想着厕所问题，一时没反应过来。

"就是我和国强谈的那个项目问题，你来一个？"

"算了，"我说，"我搞不来的，隔行如隔山。"

"你先跟朱投学学嘛。"林国强说。

"朱投？"我说，"这小子什么时候变得像白痴一样了，跟他学？"

"小军！"田茂突然提高了声音，"你怎么这么说他？朱投这人聪明，聪明嘛！你是得和他学学。"

"算啦，"我实在不想说什么了，"我真的不感兴趣。"

"兴趣？"田茂又喝口酒，"什么是兴趣？你赚稿费是兴趣，赚这钱就不是兴趣？这其实有什么区别？不都是赚钱？啊？"

×的，这"啊？啊？啊？"的腔调真是让我烦到了极点。我真的想要对他发作一次才是，最好是对着他的眼睛，给他一记直拳，但我还是没有，我看着他那双鼓出来的眼睛，突然就坚决地掉过头，不去望他了。

"小军你想想，啊，再想想，"林国强拿起酒杯，说，"我们喝酒，喝酒。"

这时朱投回来了。他坐下来，还是不说话。我忽然发现，田茂和他一起的时候，他总是不说话，总是这么小心翼翼。我忽然就对他说："小便池通了没有？"

"什么？"朱投抬起头，很吃惊地望着我。

"我刚才上厕所的时候，"我耐心地说下去，"那个小便池堵了，现在通了没有？"

"你说小便池？"朱投简直不知道我为什么要说这个。

"我没注意。"他说，向田茂望了一眼。

"你得注意嘛，啊？"我说，只觉得一股要呕吐的感觉突然涌了上来。我真是喝多了。

"你没话说啊？"田茂拿起酒杯正打算喝酒，又放了下去，说，"我们在吃饭，你说什么小便池？"

"但小便池很重要，"我转过头，看着他说，"对吧？"

"你还喝不喝？"他的眼睛又像要掉下来一样。朱投很诧异地望着我。

"算了，算了，"林国强说，"我们也吃得差不多了，差不多了。"

我们站起来，田茂结了账。我觉得有点头晕，有点想吐。我知道，我是喝多了的缘故。

从饭店出来，林国强说："饭也吃了，酒也喝了，还干什么去？"

"按摩去？"田茂说。

"算了算了，"林国强打了个酒嗝，说，"这里的服务没有海南好，换点别的。"

"那就洗脚？"田茂又抛出第二个方案。

"那有什么意思？"林国强又是一个酒嗝。

"那去卡拉OK。"田茂说。

"啊，卡拉OK！卡拉OK！"站在一旁的朱投突然两眼放光地兴奋起来。他一直喜欢唱卡拉OK，但既然是卡拉OK，也就唱不出什么名堂。

在朱投的兴奋之下，唱卡拉OK的方案得到了通过。

但我头晕得厉害，说："我不去了。"

"不去？"田茂感到脸上有些挂不住，说，"你要干什么去？"

我感到一股尿意又上来了，就说："我去撒尿。"

我折回饭店，在那个厕所撒完尿，出来看见他们还在等我，但我坚决不想去唱歌。田茂有点恼怒了，他说："你怎么这样？一起来一起去嘛。"

"但我一点也不想唱。"我感到酒在胃里翻腾起来。

"你看看你，"田茂提高了声音，"好像我们去的地方你就不想去。"

"不能这么说吧？"我说，"刚才那个厕所我们不就都去过了？"

"什么？什么？"田茂吃惊起来，"你说什么？"

"而且你发现没有？"我继续说下去，酒也在胃里继续翻腾。

"发现什么？"田茂说。

"我们喝一瓶啤酒，绝对能撒出两瓶酒量的尿来，"我特别严肃地说，"你没试过？"

和他们分手后，我叫了一辆的士。当我弯腰钻进去，我就发现，我对自己真是失望到了极点。我搞不清这感觉是怎么来的，但我就是感到失望，真他×失望透了！我什么时候对自己抱过希望呢？我感到我无论如何也没办法想起来。我能感觉的就是失望。一阵头晕又涌了上来，我是喝多了。窗外的霓虹灯在我眼前闪过，我希望什么灯光也没有，我希望我差到极点的心情就这么一直延续下去。

到家了，我在黑暗中试探着楼梯，一步步摸上去。当我打开门，里面的灯光还亮着。那个女人的衣服已经穿上了。她坐在床头，随手翻着一本杂志。她还没走，我甚至不知道我是不是希望过她已经走了。

我摇摇晃晃地走过去。那女人有点不高兴，她说："你怎么喝成这样？"

我看了她一眼，在胃里翻腾的酒意也好像不耐烦了。我就说："这和你有什么关系？"

这句话让她有点受不了，她立刻站了起来，说："你说什么？"

"没什么，"我不知道我为什么接着就说，"你没走？"

"你希望我走，是吗？"她把杂志扔到床上。

我还没回答，就感觉还没来得及转化成尿的啤酒冷不防地往喉咙里一涌，这股冲力来得突然，来得坚定，我根本无法控制。我立刻把她一拨，往厕所里冲了过去，对着厕所坑就"哇"的一声吐起来。一股一股带酸味的啤酒一滴不剩地从我喉咙里冒出，其间夹带着一些嚼碎的菜肴，它们通通来不及消化，只巡视了一遍我体内的各种器官，就纷纷带着它们的失望情绪跑了出来。

我弯着腰大吐特吐，那女人没走过来，站在房间里说："看你们男人，好像除了酒就没什么是想要的。"

×的，这是什么意思？我伸手扯过挂在墙上的卫生纸，抹了抹嘴，忽然就掉头对她吼了句："你回去！"

"你说什么？"那女人立刻望着我。

"我说你回去！"我厉声重复一遍。我不知道是我的声音，还是因为我满嘴脏物以致说话时脸有些扭曲的缘故，那女人颤抖了一下。

"好，好，"她身子一扭，"你别再给我打电话！"

× 的，还打什么电话？

那女人冲了出去。她冲得实在太快，以致门也忘记关了。我只得腿脚发软地走过去，把门关上。在关门的这个时刻，我知道，我跟自己白白搏斗了两个月，再过几个小时，田茂也会回去，钻进她已经睡热的被窝。我突然感到一种特别恶心的感觉。我刚才把什么都吐完了，但吐意又涌了上来。我觉得还有什么东西从我的腹部一直涌上喉管，我立刻又冲进厕所，对着还没冲水的厕所坑"哇哇"了几声，但什么东西也没吐出来。我还是想吐，于是我把右手的食指和中指并在一起，深深地插到喉管，压住舌根，用力向外掏，但我的肚子已经吐空了，尽管我竭尽全力，还是没办法把灵魂也吐出来。

为了一张杰作

快门按过之后，摄影家将相机下移，去看刚才照的那张照片。一瞅之下，摄影家不禁内心惊喜，他立刻断定，这是他拍过的最佳照片了，堪称杰作。

长达七天的国庆假期还没过完，他就有了意想不到的收获。

照片中是一位侧脸老人，年纪该是六十上下，短密的苍须白发根根坚硬，整张脸在阳光的照射下，泛出一层饱经沧桑的古铜色光泽，那个挺立的鼻梁将阴影浓重地投在左脸之上。沿着额头，是一片往中心汇聚，然后深深凹下去的皱纹。在摄影家的快门按下之前，老人刚刚吐出一口旱烟，因此在照片中，那股烟正从他脸庞边散过，从他眼眶中凝视出的眼神似乎看穿了那层神秘莫测的烟雾，看到了人生蕴涵的全部奥秘。

摄影家被这张照片迷住了至少五六秒。在他身边，不少游客也凑过来观看。他们的称赞声吸引了那个模特。事情就这样开始了。

当摄影家按捺住兴奋之情，将尼康相机挂回胸前，打算离开时，一只手在他肩膀上拍了拍。

"你刚才照了我？"一个声音在他身后响起。

摄影家转身一看，拍他肩膀说话的是他刚才照的那个老人。

此刻，那老人离开了相片，回到真实的生活当中，他脸上的神情就不再是摄影家在照片上看到的那个样子了。老人脸色十分阴鸷，目光凶狠地逼视摄影家，像是认出一个多年前就不共戴天的仇敌。

"是的，我刚才照了你。"摄影家承认。

"你为什么要照我？"那老人口气更加冰冷。

"我……"摄影家被这个问题问住了，然后他回答，"我是个摄影家，我是专门拍照片的。"

"但我没同意你拍我。"老人回答。

"呃，是这样，"摄影家感到解释非常为难，"我是中国摄影家协会的会员，我每天都要拍很多照片。"

"你拍那些是你的事，但你刚才拍的是我。"老人说，目光显得更加寒冷，这让摄影家忽然感到不祥。

"是这样，"摄影家尝试继续解释，"我刚才的确拍了你，因为你那个样子让人特别有感觉。"

"我几十岁的人了，一只脚都到了棺材，让人有感觉？"老人像是听到一个笑话，口气忽然狰狞起来，他手中的那根长长旱烟管也捏紧了。

"我让你有他 × 的什么感觉？"老人追问一句，"你把我当女人看了？啊？"

摄影家陡然感到自己很狼狈。他想不起自己这么走村串户地拍过多少张照片了，还从未碰见过这样的事情。

"你把照片删掉！"老人不容分说，恶狠狠地来了这么一句。

"但是，"摄影家回答，"这张照片真的非常好，一定是一张精品。不信你看。"摄影家一边说，一边试图让对方看看这张近乎完美的照片。

"老子不看！你快删了它！"老人将手中的旱烟管横了起来。看样子，摄影家若不遵照执行，老人的旱烟管就不仅仅是吸烟的工具了。

"这么好的照片，不能删了。"摄影家说，赔着笑。

"不删？"老人冷笑一声，"谁知道你要用我的照片干什么坏事。我数三下，你删不删？"老人将旱烟管举起，厉声喝道，"一！"

"我给你钱。"摄影家隐约想起他的同行这么干过。

"钱？"老人的烟管稍稍放下，说道，"你给多少？"

"十块钱。"摄影家想起他同行曾经说过的数字。

"十块？"老人的烟管又横了上来，"五百块！少一块也不行！"

"五百块？"摄影家惊诧莫名，"你这不是敲竹杠吗？"

"你敢说我敲竹杠？"老人又龇牙咧嘴地厉声喝道，"二！"

摄影家意识到情况不妙，但他无论如何也舍不得删掉那张杰作。事后他无法说出他突然做出的决定究竟是怎么到脑中来的。他不等对方喊出"三"，猛然一个转身，拨开围上来的几个游客，飞快地跑起来。那老人愣了一愣，大吼一声："还跑？你给我站住！"他一边将手中的旱烟管举起，一边拔腿就追。

摄影家到的这个小镇是他慕名已久的。当他整整坐了一天一夜的火车，又转乘一辆长途客车到达之时，就感到小镇的确名不虚传。每条路都是麻石，主街道不宽，仅容对开而来的两台的士交错，在其他地方，甚至连的士也开不进去。那些让游客观光的巷子，五步一弯，十步一拐，一条连着一条。所有的房屋都还是上世纪的瓦房建筑。无论从哪条巷子往北而出，便到小镇河边。河流宽只二十米，首尾却看不到头。河流上有竹排和敞篷游船，上面坐的游客十之八九都戴个五颜六色的花环。长长的河面上只有一座拱形石桥，在其他过河之处，居然从河面挺出无数正方形石墩。沿石墩过河时，胆子大的跨得快，胆小的迈得慢。在河岸与房子的远处，青山连绵，似乎包围了整个小镇。

摄影家首先是被那幢三进门楼房吸引的。楼房还是飞檐翘角，仅看那条一尺来高的麻石门槛，少说也有百年以上的历史了。当时那老人就坐在门槛上吸旱烟。两天来，摄影家已经照了不少风景和熙攘的游客，还从未单独照过哪个个人。摄影家当然想照个人，但没有谁能够吸引他的目光与镜头，那个老人是唯一吸引他的。于是他想也没想，端起相机就照了。

摄影家在奔跑时有点紧张。他来前就打听过，该小镇虽以风景闻名天下，民风却是彪悍的。所以出发前，他妻子就反复提醒，千万不要惹那些当地人。摄影家觉得奇怪，自己只是去照相，又不是出门斗殴，犯得着这么反复提醒吗？现在他感到，妻子的提醒果然重要。在这里，他是完全的陌生人，没有熟人，没有朋友，他不知道那老人是什么来历，但明显看出，对方从照片中离开后，就一副来者不善的架势，这让摄影家感到一丝慌乱。

街上游客不少，摄影家一边跑，一边很紧张地避开那些游人，万一撞上哪个，事态极有可能扩大，因此他跑得忽左忽右，一副落荒而逃的样子。与此同时，他还时不时扭头看看身后，那个老人竟然穷追不舍，旱烟管在人丛中举得很高，乌黑的烟头在摄影家眼里左移右移，简直就是一只瞄准过来的枪口，更让他不安的是，那老人还在不停地大喊："站住！抓住他！抓住那个挂相机的！"

那些游人虽然感到诧异，但没有谁听从老人的指挥。他们看见摄影家跑过去，又让到一旁，再看那老人追过去。

一股深深的悔意在摄影家心中涌起，但后悔没用，他现在要做的就是摆脱对方的追踪，于是摄影家加快脚步。他才四十多岁，虽然没练习过长跑，但对方毕竟年事已高，无论如何也追不上自己。

果然，一连跑过几条巷子后，后面那管瞄准的枪口不见了。摄影家放下心来，心有余悸地掏出张餐巾纸擦擦额头。刚才的奔跑让他出了不少汗，现在算是可以歇口气了。于是他走到一棵树下，在一条石凳上坐下来。

小镇的风景再一次在摄影家眼中展开。

他现在的位置在一棵树下，树后是一幢竹房，窗子敞开，里面坐了几桌游客。在摄影家前面，是数丈长的鱼池。沿着池边，摆有一盆盆开得正旺的花卉。鱼池里金鱼成群。摄影家不禁有点出神。除了摄影，摄影家还喜欢金鱼，家里的鱼缸里养了不少。摄影家不由得又想起妻子的话来。他觉得妻子也谈不上未卜先知，没有哪次出门，妻子不嘱咐他少惹当地人的。他去过的地方已算不少了，从未出过事，但妻子具有锲而不舍的精神，只要摄影家出门，一定要再三嘱咐。他听得已经很烦了，因此这次出门，听到妻子又这么嘱咐时，他很不耐烦地挥挥手，说："你以为我是小孩子是吧！"

但是现在，坐在树下石凳上的摄影家忽然感到，自己真的还是个孩子。而且，他奇怪地意识到，活到四十多岁，居然还没有和人打过架。他模糊地想起小时候，班上总是有一些特别喜欢打架的同学。他对一个外号叫猴子的同学印象很深，猴子喜欢打架，还在小学时，连一些大人也不敢和他较量。他忽然想，如果他是猴子，怕是当场就和那老人干起来了。猴子不怕惹事，只怕没事，但他不是猴子，他从来就不敢打架，他喜欢的是摄影，是艺术。这些东西和暴力是没有关系的。

坐了五六分钟后，摄影家感到体力恢复了，于是他又东顾西看，希望能发现某处景色能让他打开镜头。但是不幸的是，一双相距一丈来远的眼睛劈面和他撞在一起。摄影家感到自己猛吃一惊，认出来了，还是刚才那个老人。他始终在找他。现在找到了。

摄影家慌忙站起来。那老人已经在大喊了："看你能跑到哪里去！"

一瞬间，摄影家几乎想不起他怎么会在这里有一个对头的，他只知道，他现在得赶紧跑，不能让对方逮住，否则后果难料。特别是，他看见那老人身后，还跟着一个光头，后者脸上充满腾腾杀气。

摄影家站起来，转身又跑。对方的烟管再次举起，坚决而又摇晃地向他逼近。

这一次，摄影家感到的已经不是害怕了，而是一种难以言说的恐惧，好像一旦被对方追上，他将性命不保，于是，摄影家立刻选择往人多的地方奔去。只要跑进人群，对方就很难追到。摄影家想到做到，而且，也如他所料，人群给他提供了很好的庇护。尽管人群中谁也不认识他，他们却共同组成了一个提供安全的圈子。也恰恰是他们不认识他，所以他们不知道他们在提供这个圈子，因而圈子迟早会散开，将他孤零零地抛给身后那只猎犬。想到这里，摄影家心头不禁弥漫起一种近乎绝望的感觉。

但是灵光闪现，他忽然想到一个安全的地方，那就是他住的客栈。

摄影家投宿的客栈就在江边，这是他妻子事先在网络上给他订好的房间。客栈的名字很美，叫"栖凤客栈"，说是客栈，实际上是旅馆，上下三层。摄影家的房间在三楼，就像在外受到教训，人自然会想到回家一样，摄影家此刻想到的就是他在这个小镇唯一的栖身之所。旅馆当然不是家，但里面有间房子是你的，也就表示那房间具有临时家的功能。

七弯八拐地摆脱那老人之后，摄影家回到了栖凤客栈。

在一楼的服务员感到奇怪，因为她看见摄影家冲进大门时，明显惊慌失措，但她没去询问，毕竟他是这里的客人。客人第一次进来时，已经登记了身份证，其他的就是客人自己的事了，无论客人在外面做了什么，服务员管不着，甚至客栈老板也管不着。

摄影家飞快地跑上三楼，打开房门进去，再关紧房门，总算安全了。

他还有点气喘，就在床沿坐下来。摄影家看见了茶几上的茶杯，早上出门时，摄影家已经泡了旅馆提供的袋装绿茶在里面。他走过去，将那杯茶一口喝干，但茶没压惊，摄影家还听得见自己的怦怦心跳。站住想了想，他又推开窗子，十分警惕地从三楼向下观望。对这个小镇来说，三楼已经是制高点了，他看见的几乎是整个小镇。还好，不管是河上还是岸上，都没有看见那个老人和光头。看来，对方不知道他住在这里，摄影家稍稍放心。

此刻，摄影家心里的感觉难以描绘。一方面，他想起了事情的全部过程。是的，他看见了那老人，端相机给他拍了张照，对方立刻想勒索他。摄影家不由得想起在他居住的那个城市，多少人想请自己去给他拍照，甚至开出不菲的报酬，但他不是那种动不动就接受拍照邀请的人。拍照需要感觉，艺术需要灵感，没什么好说的。如果那老人知道他的身份和地位，还会不会勒索他呢？不会，绝对不会。但是很不幸，他现在一个人身在异地，这里的人都不认识他，也就无从知道他摄影的价值。另一方面，摄影家从心底感到一股惧意。在这个完全陌生的小镇，谁知道那老人是什么人呢？会不会是地方一霸？从他声色俱厉的举止来看，这个可能性不是没有。那个光头是谁？从他们一前一后的模样来判断，极有可能，那光头是老人的手下，即使不是手下，也可能是他儿子。但如果是他手下呢？那就说明还会有更多的手下出现。

想到这里，摄影家感到自己更加紧张了。

刚才为什么要拍他呢？摄影家将相机拿过来，再次凝视那张照片。

不错，它是一张杰作。这点确凿无疑。不论是构图、光线，还是人物的胡须、脸庞，尤其是眼神，充满一种把人生看透的智慧。摄影家看得越久，就越觉得自己远远不如这个老人。对于人生，他感到自己不理解的东西其实很多，虽然过了四十岁的年纪，在圈内也取得了一些成就，他心里还是十分清楚，摄影消耗了他的大半生精力，他根本没时间去理解所谓的人生。不是说他对人生没有理解，而是他很早就发现，他的理解只是他的理解，多数人就没把他的理解当回事，甚至他的女儿，在长大之后就消失了对父亲的崇拜。摄影压根就没什么了不起。什么才了不起呢？女儿不想回答他。唯一对他抱有崇拜的是妻子。他和妻子的结缘是在他的第一次摄影展上，那时他还年轻，意气风发，也正因为他年轻，所以没抵挡住妻子的追求攻势。结婚至今，妻子始终崇拜他的摄影，他似乎也习惯了妻子对他的崇拜。为什么妻子认为他的摄影了不起呢？如果妻子知道他此时此刻的恐惧，还会认为他了不起吗？

摄影家从内心深处感到，不会了。

阳光照进房间，将窗户护栏的影子投在地上和床上。若是以前，摄影家会发现这些影子所蕴含的诗意，此刻他发现，那些一条条影子和监狱的铁栏差不多。没人判他徒刑，怎么就直接申请到监狱里来了？尤其是，阳光还让摄影家意识到，下午刚刚开始。仅仅从摄影角度来看，这也是一个十分适宜摄影的下午。即使他不干摄影，也会觉得这是一个十分美好的下午。阳光把一切都照耀得温暖和舒适。从窗口看出去，每一条街巷都游人如织，来这里的每个人都在充分享受这个假期，也在充分享受这个下午。

唯独他，千里迢迢地来到这里，却将自己反锁在旅馆房间。

一股他早已敏感到的哀伤忽然强烈地涌进胸口。

一楼的服务员觉得奇怪，刚才看见摄影家进来时惊慌失措，现在出去时又显得小心翼翼。服务员怀疑摄影家是不是偷了房间的什么东西，但她在收银台后只挪出一步就收回了。不会。房间除了床铺、床头柜、茶几、茶杯和茶叶，其他什么都没有了。床头柜里面是空的，她记得她检查过，每间房都这么检查过，摄影家没什么东西可偷。他为什么显得紧张？服务员不明所以，也就不想知道究竟了。

摄影家跨出旅馆大门，就左右望一望，没看见老人，也没看见光头，这让摄影家暗暗松口气。是的，他必须出去，他不能待在房间。如果他一直在房间里待着，会让他难受，会让他有点看不起自己，再说了，他到这里是摄影的，也是游玩的，实在没任何理由将如此美好的一个下午从生活中放弃。

他盘算好了，回家之后，一定要告诉妻子，他虽身在险境，却始终在从容面对。

沿着旅馆大门右出，是一条很窄的巷子，到巷子尽头，是这个小镇的古城墙。摄影家到的第一天就给那面城墙拍摄过了，现在他再次看见那面墙，是用红色的砖头砌起来的，墙头是一排垛口。他想起他来之前查过的资料，这里自古便是悍匪出没之地，解放后虽然枪毙了不少土匪，但总有漏网之鱼继续逍遥法外。曾有朋友对他信誓旦旦地说过，该小镇还有不少土匪出身的人。那个老人年轻时是干什么的？会不会是一个土匪？甚至就是一个土匪头子？他又想起他看过的一些剿匪影视片，真的，那些影视里的土匪头就是他那个样子。还有那个光头，一定是他儿子。那他会不会遗传他父亲的土匪血液？这问题问得多余，谁的血液里没有父亲的遗传？

摄影家一边打量城墙，一边在脑中涌出这些想法。

一阵叮叮当当的声音吸引了他的注意。他循声看去，城墙的拱门之下，坐着一个做硬糖生意的当地人。那人身上灰扑扑的，左手一把小铲子，右手一把小钉锤，他的铲子竖插在硬糖中，钉锤就在铲子上敲击。摄影家忽然想不起，他在前两天中是否看到过他。不错，他是当地人，看他满脸胡须，太像影视里的土匪了。难道他是那老人的另一个手下？

想到这里，摄影家浑身微颤，不由得仔细打量他。

敲糖人抬眼看了看摄影家，谁也说不上他那一眼是有意还是无意，摄影家感到背脊一股寒意往下直滚。对方的眼神太冷了，简直像充满仇恨。摄影家可以发誓，他从来不认识他，对方为什么对自己投来这样一个眼神？有那么三四秒，摄影家的双脚像被那把钉锤敲在地上，无法挪开半步。他一直凝视敲糖人。其实他不敢凝视，也不想凝视，事实上他却在和对方对视。摄影家说不出原因。

越看，敲糖人的眼神就和那老人越像，摄影家感到一股从心底涌上来的惧意。他也说不出和敲糖人对视了多久，他能够感到，对方的眼神一直是冰冷的，而且，对方本来在专心致志地敲糖，当发现摄影家后，就低头敲一下，又抬头看他一眼，像在考虑要不要冲上来将他生擒活捉。是的，摄影家断定，这个人一定是那老人的手下，他已经被监视了。

摄影家终于摆脱和对方的凝视，他从拱门下过去了。刚刚过去，他想要证实一下自己的判断，又回头再看一眼。果然，那敲糖人还在注视他。不会有错了，他一定是那老人的手下。摄影家心里蓦然便是一虚，一下子空空荡荡。

穿过拱门，便是十几级台阶，台阶一直延伸到河边，摄影家立刻下了台阶。那个敲糖人没有追过来，这是幸事。但是，他为什么不追过来？摄影家被接踵而至的问题逼迫得胸口发痛，对方现在和他玩起花招来了。"步步得小心啊。"这是他妻子的嘱咐，现在也是他的自我认识了。

河边和前两天真没什么两样，还是数不清的游客，还是河水中的竹排和敞篷游船。他到的第一天就坐过游船了，虽然只隔了短短两天，但那天的感受是多么让人兴奋啊。他还想起，在两天前的游船上，船头一个陌生女人见他挂着相机，便主动提出给她照一张相片的请求。他当时有点犹豫，他从来就不乱照。他经常在看一些初学者的照片时说："唉，看你们的东西，那只是照相，你们什么时候能把照相变成摄影呢？"这是他在当地最为人称道的经典之言。那些初学者当然希望自己是摄影，摄影家也有足够的理由相信自己这句话能给初学者带来言简意赅的最大启迪。所以，当那女游客提出要求后，见他犹豫，又提出他用她的手机来帮着照一张，摄影家真的想拒绝，但还是宽宏大量地给对方照了。现在他突然很想再遇上那女游客，如果遇上了，他一定会主动提出给对方照相的要求。这个念头从纷乱中冒出来时，摄影家自己也吃了一惊。

在摄影家东张西望的时候，果真有个女人朝他走来。摄影家开始没留意，那个女人却径直走到他身边站住。摄影家听见她说："先生，坐不坐船？"

听到这句话，摄影家的意识回来了。他定睛打量这个站在面前的女人，看年龄，她也就二十出头，穿着电影里才能见到的粉红色渔家衣服，肤黑牙白，头上同样戴个花环。摄影家忽然觉得，那个想请他照相的女游客大概也在船上，正想答应，但忽然间他感觉这渔家女人的眼神不对。的确不对，在一个瞬间，摄影家看见她眼里闪过一种逼视，尽管一闪即逝，摄影家那双久经考验的职业眼光还是捕捉到了。

摄影家不觉退后一步，仔细凝视起她来。

"你是谁？"摄影家问。

"我？"渔家女人回答，手往河上一指，"我是船上的，先生要不要坐船？"

"坐船？"摄影家十分警惕，"你要把我拉到哪里？"

"拉到哪里？"女人的微笑未能掩饰住惊讶，"就在河上啊，从这里到下游，来回一圈，二十块。"

到下游？摄影家的警惕更高了。前天他坐船时去过下游，那里没什么人，但那天他是安全的。现在摄影家脑中闪过一组镜头：他坐上船，到下游之后，这个女人将把船弄翻，他落到水里，对方来个瓮中捉鳖，真就谁也救不了他了。

"不！"因为对方是女人，摄影家的声音提高了，"我不坐。我知道你们的鬼名堂。"

"鬼名堂？"渔家女人惊讶不已地重复一句。

"我不坐。"摄影家再次申明。这里不是久留之地，他已经识破了对方的诡计，摄影家还是不敢多说话，立刻转身离开，他感觉那女人要追上来。事情果然不妙，对方居然派出一个女人来下圈套了。他能够听出身后追上来的脚步声，摄影家不敢回头，只加快脚步。沿河的路没有巷子，脚下的路是乱石和荒草，摄影家走得太快，没提防脚下的碎石，如果有人在此刻看见摄影家，会看见他脚下忽然一崴，整个人便往旁边欲倒，但他还是顽强地站住了。再走时，摄影家感到脚跟有点不听使唤，一股钻心的疼痛从脚跟涌起，他坚持再走，但只走了不到五步，就发现自己实在不能再走了，他只好停下来。

身旁同样是树，树下同样还是石凳。摄影家咬牙摸到石凳，再慢慢坐下。这时他才回头去看，非常奇怪，那个渔家女人没有追上来。摄影家有点不敢相信，刚才他明明听见身后的脚步声，甚至还做好了肩膀随时被人拍一下的准备。怎么身后竟然无人？

看来，这个渔家女人和那个敲糖人一样，都是老人的手下，他们现在开始要放长线钓大鱼了，或者说，一场猫抓老鼠的游戏已经开始了。难道摄影家要承认自己是老鼠吗？绝不能这么说。在那个遥远的本地，摄影家声誉颇隆，连市长也请他照过相。他记得很清楚，那天的市政府会议结束之后，市长和来访的另外一位市长需要合影，虽然市长和他说的话不到三句，但翌日报纸上的头条大尺寸署名照片就来自他的镜头。一个受到如此重视的堂堂摄影师怎么会是老鼠呢？

但摄影家已经摆脱不了内心泛上来的恐惧感，接连两个人都在接近他，但都没有下手，已经很明显了，他们在试探他，像收渔网一样，要慢慢地逮住他。摄影家一边全盘考虑，一边感到脚跟的疼痛开始难以忍受，他低头看看脚，很艰难地去掉鞋袜。他吃了一惊，就在这个瞬间，他的脚跟已经肿了起来。祸不单行，如果那老人这时候出现，他肯定跑不掉了。

得尽快把脚弄好，这变成最重要的问题了。

到哪里去看脚呢？这个第一次来的陌生小镇，他哪里都不熟悉。他在这里的主街道遇见过的士，的士肯定哪里都知道，肯定哪里也都能去，但他痛得无法走到小镇的主街道。摄影家忽然想起，就在栖凤客栈旁边，有一家诊所。是的，他的脚跟已经肿得厉害，又痛得如此难受，不去诊所看看是不行的了。摄影家站起来，脚跟的疼痛立刻又汹涌一次。没办法。摄影家被孤立无援的伤感笼罩，一切都得靠自己。唉，如果妻子和他在一起就好了，但妻子是当地中学一个高三毕业班的班主任，需要给学生补课，实在没时间陪他游山玩水。

穿鞋袜的疼痛让摄影家又一次落座。他觉得休息一下也无妨。眼前的河流真是清澈至极，游船又那么多，船上的游客也那么多。他们都在尽情度假，为什么他不能是他们中的任何一个呢？不管摄影家对自己的作品感到多么骄傲，此时此刻，摄影家真还愿意自己从未投身过摄影，而就是那些游客中的任意一个。他的假期将会无忧无虑。

但摄影家的思绪被陡然打断，就在那条刚刚过去的船上，他看得分明，跟随老人的那个光头竟然就在船头站着。光头在四处观望，摄影家想躲起来，但脚痛得让他无法起身，甚至，即使没有脚痛，他怕是也无法在瞬间完成起身闪躲。他不由自主地凝视那个光头，他们的目光撞到了一起。光头的目光在摄影家身上定住了几秒，杀气腾腾，摄影家准确地再次看见对方的脸色，他不寒而栗。他仿佛看到，那光头从船头跳下，飞快地蹚水上岸，将他捉个正着。他的脚痛不可能使他再一次逃跑。

但是没有。

那光头恶狠狠的目光只在他身上停留几秒，就转过头去了。

他们要干什么？一个接一个地发现他，但又一个接一个地放开他。摄影家从内心深处开始明白，他陷在一张密不透风的天罗地网当中，他只能挣扎，什么也做不了。要不要去公安局报案？念头一冒，摄影家随即又否定了。因为他知道，即使公安局将他们一网打尽，他作为报案人却拿不出任何证据，后果将更加严重，甚至不堪设想。他现在需要的是机智，用机智去夺取最后的胜利，以便回去后跟妻子说得足够惊险和跌宕。

他左右看看，距他五步远的树下石凳上，坐着一对情侣。他们戏演得可真像，居然在不停地接吻。但那男人瞟过来的眼神以为他就没有看到？再看右边，几个孩子在玩打水漂的游戏。摄影家几乎可以判断，那几个孩子手中的石头将很快向他飞来，他的额头会被打得出血。在小学时，他就被猴子的弹弓打中过额头，从那以后，他对越小的石头就越怕。那几个孩子有谁的手中握了把弹弓吗？应该没有。摄影家有点拿不准，一是他们有十几步距离，二是他们有五六个人，身影凌乱，他总是无法看清最远的那个，也就是被其他孩子挡住的那个。但可以肯定，这些孩子不是那老人派出来的才怪！

他又想起在当地，曾有个腰缠万贯的煤矿老板慕名请他去拍照，他并不想去，但碍不过做中间人的朋友脸面。事后，煤矿老板请他吃饭，对方的眼神忽然在觥筹交错中朝他轻蔑地瞟了一下，更可恶的是，煤矿老板虽然瞟到他，话却明显是跟坐他身边的人说的："搞艺术的都不知道什么是社会。"饭桌上虽然热闹，摄影家还是听见了，不禁勃然大怒，很想马上拂袖而去，但那个拂袖而去的样子却只停留在他的想象中。或许他内心知道，煤矿老板说的是句实言。那煤矿老板话音一落，又立即站起，端酒杯过来给他敬酒，一边笑，一边口气由衷地称他"老师"。于是摄影家也就端起酒杯，脸上带笑，嘴上谦虚，然后将决心和委屈都一口喝了下去。

想起这些干什么？摄影家心里感到一丝苦涩。几十年的摄影，他都不记得给多少人举起过相机了。他见过的那些人都是他不太了解的，他之所以拍得让对方满意，也让自己满意，完全是因为他的技术过硬，能够抓住人物脸上最神秘的部分，那恰恰是他不能进入的部分。是的，他知道那里神秘，他知道那里有股对他摆脱不了的吸引，但是，他始终不知道那些神秘所代表的答案。

这里不是久留之地。为了避免额头被弹弓命中，摄影家发现脚痛稍敛，便鼓足勇气站起来。脚痛又陡然发作得难受，他还是迈开了步子。好吧，你们就监视我吧。摄影家一瘸一拐地从那对情侣旁边经过，他们刚刚结束一次长吻。摄影家经过时，他和那男人的眼光碰在了一起。那男人是什么眼神呢？摄影家看出来了，是笑意。是的，他在笑。笑谁？摄影家沮丧不已，他知道那男人是在笑他，笑他怎么也逃不脱，笑他在这场没结束的追捕中，就主动扭伤了脚。现在看你还怎么逃，你哪里也逃不出。

一股冲动涌上摄影家的大脑，他很想提起相机，朝那男人的头上狠狠砸去。念头只是闪过，他不能这么做，这台相机光镜头就花了三万，再说，相机里有他的心血，有他拍到的那些杰作。是的，尤其是拍的那个老人，他脸上全部是神秘，他的眼睛又恰恰在看穿那些神秘。这照片不是杰作又是什么？

对方越是欲擒故纵，摄影家就感到心里越来越没底。总算还好，当他蹒跚着经过那对情侣时，那男人虽然对他进行了嘲笑——摄影家找到这个最准确的说法了——但毕竟没有动手，让他从身边走了过去。那女人呢？真的，摄影家走过后忽然发现，他竟忽略了那个女人的表情。或许，他们的目的将在那个女人的眼神中流露出来，但是摄影家已经走过去了，他不可能回转。事实上，他心里明白，他也不敢回转。

这一关算是平安过了。摄影家心里还是越来越紧张，那个城墙拱门是他需要再次经过的。那个敲糖人的样子又在他眼前出现了。刚才，对方放过了他，现在他回去，会不会难逃一劫了？

摄影家不可能不经过那里，他现在需要去诊所，去诊所就得经过拱门，经过拱门就得面对那个敲糖人。对方手上的小钉锤和小铁铲又一次在摄影家的眼中发出闪闪寒光。

应该是脚痛得厉害，摄影家走得非常缓慢。终于到拱门了，摄影家犹豫起来，但犹豫不能解决问题。摄影家忽然像个敌后武工队员，紧贴住拱门外墙，将头慢慢伸过去观察。真是幸运，那个敲糖人的摊子竟然被一群游客围住了。摄影家心中一喜，尽管喜中带忧。这点时间无比宝贵，陡然之间，摄影家发现脚痛得没有刚才那么厉害了，于是他赶紧从拱门下穿了过去。在他迈出拱门的最后一步时，他听到那个敲糖人的敲打声突然响得特别厉害。是不是暗号？摄影家不敢回头，咬着牙继续迈步。

过拱门不远就是客栈。经过客栈大门时，里面的服务员正巧出来，一看见摄影家，她就绽开笑脸，热情地说："您回来了？"摄影家闻言，顿觉浑身汗毛发炸。怎么能让旁人得知他的住处呢？那岂不是无路可走了？摄影家假装没听到，忍着脚痛，从服务员身边一步走过，眼睛看也不看她。万幸的是，服务员没有过来纠缠，这让摄影家暗舒一口气。

摄影家的记性值得称道，在栖凤客栈旁边，还真是一家诊所。当然不是国营医院，一家简简单单的诊所而已。

摄影家走进去，里面的桌子后面坐着一个看报的男人，他身后有道布帘，从布帘后面，走出一个很年轻的女人。他们都穿着白色大褂，男的是医生，女的是护士，没什么可怀疑的。

看见摄影家进来，男医生放下报纸，打量他，问："有事吗？"

"我的脚崴了一下，还肿了，你看看。"摄影家回答。

男医生没有起身，只是扭头对女护士说："你给看一下。"说完，男医生又继续看报。

在女护士的帮助下，摄影家总算坐下了。

又一次去掉鞋袜，那女护士只用手抬一抬他的脚跟，就说："崴得真厉害！怕是骨折了，你最好去正规医院看看。肿成这样，肯定要拍个片子。"她说这句话的时候，眼神因担心而显得很温柔地看着摄影家。

摄影家内心陡然一震，一股难以言说的悲伤在心里涌现。他是担心自己的脚伤吗？是害怕外面的十面埋伏吗？当然是，但还有另外一个原因，那就是当女护士仔细检查他的脚跟，说出那句摄影家听来是关心的话语之时，她的眼神让摄影家忽然想起了小雁。没错，是小雁。

　　小雁不是他妻子，而是他两年前的学生。那时，小雁刚刚大学毕业，喜欢上了摄影。当小雁第一次和摄影家见面之时，摄影家感到有点心慌意乱，但他克制住了自己，在小雁面前摆出又威严又平易的长者风范。有一段时间，小雁总是有许多问题需要请教，所以他们时不时就在一间摆有盆景的茶厅里见面，但是奇怪，小雁请教的摄影问题都是三言两语地就打发过去，他们的喝茶时间却长达几个小时，小雁总是不断地询问摄影家的饮食，询问他的业余喜好，询问他的家庭状况，等等。摄影家不断地被小雁感动，尽管他跃跃欲试，但还是不敢造次。有一天，摄影家忽然发现，小雁是真的爱上了自己，因为小雁告诉他，自己虽然在大学谈过恋爱，但发现自己真正喜欢的还是中年男人，尤其是搞艺术的中年男人。他们有魅力的原因是他们更懂得生活，更懂得情趣，也更懂得……女人，而且，他们有丰富的知识，有她同龄人无法企及的学养，等等。说完后，小雁凝视着他，目光中充满胆量，摄影家只是微笑，经过短暂的沉默，他听见自己的声音像从一节空空的竹筒里传来，那声音在鼓励小雁要努力学习，认真摄影，然后找一个优秀的男朋友，等等。从那天开始，小雁就再也没什么问题需要请教了。他还记得小雁那天离开茶厅之时，打开门回头说的最后一句话是"你妻子真幸福"。果真幸福吗？摄影家心里非常明白，他之所以不敢对小雁造次，倒还不是他对妻子有多么忠诚，而是随着年龄，他的性能力已不再像青年时期那么昂扬。"举而不坚，坚而不久"是他最厌烦看到的电线杆广告措辞。妻子实在太忙，两人相濡以沫的时间也久，真不太在乎那件事了，但一旦他和小雁上床，小雁就会立即发现他作为男人的致命弱点。在那之后，即使他给小雁再展览出上千张杰作，他通过前面的杰作所建立的形象仍将轰然倒地，变成再也垒不起的一堆残砖碎瓦。

从那以后，摄影家再也没见过小雁，他也似乎忘记了她。没想到，在这个小镇的诊所里，那个女护士居然让他又想了起来。

发现摄影家在专注自己，女护士脸色顿时一沉，口气十分冷淡地重复说："我们这里看不了，你去医院照片子吧。"

说完后，女护士忽然发现这个崴了脚的中年人似乎眼中有泪，说不上什么原因，她改变了语气，说道："这里出去到桥上，你搭一个的士，往南四公里，就是医院了。"摄影家越来越哀怜的神色使她又补充一句，"你还没搭过这里的的士吧？的士是不打表的，远近都是十块钱。"

的士停下来后，摄影家弯腰钻出来。这里不是医院门口，而是中午他给老人照相的那幢三进门楼房前面。一尺高的麻石门槛上，那老人没在那里，也没有其他人坐在那里，似乎那条门槛变成了一个空空洞洞的遗忘。摄影家一步步挪过去，心力交瘁地坐下来。已经快到黄昏了，夕阳在天空收回光照，地上仍树影斑驳。左来右去的游客川流不息，长假刚刚一半，他们的狂欢仍将沸腾到深夜，只有摄影家无比哀伤，他坐在麻石门槛上，手里团着五张百元钞票。五百块，他记得这是那老人给他开出的价钱。在任何地方，五百块都买不到一张真正的杰作，不是吗？

因为阳光毒辣

　　我身上没钱了。是的，这就是事情发生的最初缘由。尽管我们现在所处的是一个经济飞速发展的时代，但我总是发现兜里的钱比这个时代飞驰得更猛，更快。我总是发现我的兜里没钱，我也总是感到自己缺钱用。这是没办法的事，一旦身上没钱了，很多事就没办法去办，你就是想办，也没办法办好。

　　我发现身上没钱的时候正打算付款买一双拖鞋。天气实在太热，还穿着那双鞋跟磨损、我舍不得扔掉的皮鞋的话，已经实在受不了了。当时我正走在街上，我上街的时候并没有买鞋的打算，我上街只是因为无所事事，想随便逛逛。当我穿过人民中路，无意中发现一个清仓卖鞋的商店，那个商店门口挂着一只喇叭，震耳欲聋地播放着"拖鞋十块，机会难得，商家洗货，最后八天"的广告词。我扭头看了一眼，里面的拖鞋布满了货架。我当时就想，这个夏天就踏双拖鞋过算啦。这主意来得快，也来得好，我在心里夸奖了自己一句，就一头冲进鞋店。挑来挑去，我看中了一双黑色的拖鞋，我试穿一下，感觉鞋底柔软，特别舒适，我就问："这鞋多少钱一双？"

回答我的是一个特别胖，但又特别没办法感觉其是一个丰满得性感的女人。她说："十块，你没听见？"她把拿着一沓钞票的手指了指那个喇叭。

"能不能再少点？"我说，又使劲踩了踩鞋面。

"十块还要还价？你也太那个了吧。"她说，那双胖得只剩眼缝的眼睛几乎是轻蔑地看了看我。我承认，我是问得有些那个了，但她的眼缝实在让我更加难受，于是我就说："那个是什么意思？"

胖女人看着我的眼神更加轻蔑："你以为是什么意思就是什么意思。"她说完，转身就去招呼别的顾客了。

我觉得我的自尊心受到了侮辱。于是我说："这个款式的还有没有？"

她回头看了看我，说："你自己去找，好像还有。"

这是什么态度？我当即提高了声音，说："你给我拿两双来。"

胖女人见我口气比较坚决，没说什么了，转身到货架上找了找，又拿了一双过来，说："两双二十块。"

我把手伸进裤兜。当我伸进去，我立刻想了起来，我身上已经没钱了。二十块钱实在不多，但我突然想到的是，我身上只剩下了五块钱，原因是昨天上门收电费、水费的把我身上的钱掏光了。如果要说明区区一点水电费为什么就把我的钱掏光，那又得说出和这个故事无关的很多事来，因此还是省略算了。你现在需要看见的是，我当时把手伸进裤兜，才突然想起已经没钱这回事来，我当时就蒙了，手伸进了裤兜，但半天都抽不出来。

"你要不要？"胖女人不耐烦了。我感到她的眼神已经看出了一点端倪。

"我……算了。"我终于狼狈不堪地说，赶紧把脚上的那双拖鞋换下来。

胖女人声音很轻地"哼"了一声，她的眼缝睁大了些。我知道，她是有点不信我身上会连二十块钱也没有。

但我的确没有。我身上没钱了。

接下来的事你也清楚，那就是我得想办法去搞点钱来。我必须向你承认，我从来就不是一个有办法搞钱的人。尽管现在搞钱的人特别多，会搞钱的人也特别多，但就是很难把我也算进去。我仔细想了一下，这个月我收入不高，只在月初弄了一笔稿费，也就是一千来块。天气太热，我实在没办法写东西，写不出东西就没办法搞钱，我目前还只找到这么一个办法，这个办法特别不稳定，好在我对钱也不怎么在乎。这话说出来你会不信，但是没关系，我说的话从一开始就没打算要你相信。不过你会问我，兜里只有五块钱，我要怎么对付后面的日子。我现在告诉你，尽管我兜里只剩五块钱，那也只是兜里，我还是有钱的。就在这个月初，我一个银行的朋友非要我把钱存到他那里去不可。我觉得这是很好玩的一件事，怎么银行老是要别人到那里存钱，好像每个人的钱不是赚来用的，而是要存到银行去的，存到那里又能怎么样呢？但事情就是这么奇怪，我那个银行的朋友一再要我搞点钱去存，我被他逼得没办法，我也一直不太善于拒绝某个朋友的请求，更何况，这个叫小赵的朋友和我关系维持了好几年，不答应是不行的。但我实在没钱，他也知道，但让我奇怪的是，他总不相信，好像我看上去应该是个有钱人一样。

但是我没钱，我再坦白一次，我总是缺钱用。

小赵为存款一事找了我好几次，最后他说："不管怎样，你到我那里先开个户再说。"

话说到这个地步，我就感觉自己更没路可退了，于是我在他所在的那个叫"八一桥"的储蓄所开了个账户，是活期的，开户的钱不多，我记得只五百块，因为我那天实在拿不出更多的了。我从来没到银行存过钱，因此那本存折到我手上之后，我几乎立刻就忘了我现在还是一个在银行拥有存款的人。

从那个鞋店出来，在一阵在所难免的尴尬之后，我忽然想到我的那笔存款了。把它取出来吧？我立刻就这样想，但是小赵会不会同意呢？这个问题我感到有点伤脑筋了。如果我现在去取，小赵多半会认为我的此举有蓄谋意味，我有点不安了，如果小赵因此认为我不够朋友，我自己也觉得非常冤枉。

但是，我现在要对付的是日子，没钱就没办法过日子。五百块不多，如果我进行一番精打细算，完全有可能熬到我的下一笔收入过来。我慎重地把日子和朋友当作一个选择题目考虑了一下，我做出了取钱的决定。这实在是没办法，你完全应该理解。

决定做出之后，我轻松了不少。我快步走到汽车站，打算搭一辆公车去八一桥储蓄所取钱。天气真是热得厉害，明晃晃的阳光像烤腊肉一样烤着这个城市。我站在车站望眼欲穿地等着车来，但车子就是不来。这是很正常的，我相信你也遇到过，那就是，当你想尽快搭一辆公交车的时候，那车子是久等不来的，而那个车站的其他车辆却络绎不绝，简直是一辆接一辆，使你几乎觉得自己站错了车站。事实上，我真的怀疑自己站错了车站，但是没错，当我仰头仔细看了看车牌，有我要坐的那趟，但它就是不来，我只能干瞪眼。

有钱就好了，至少我可以坐一辆的士过去。坐在的士里太令人舒服了，沙发加空调，没有比那更好的享受啦！但我没办法朝那方面去想——你身上没钱，就什么事都最好别想。

总算来了我需要搭乘的那趟车。但那是什么车啊？天气热成这样，那辆车里竟然塞满了乘客，好像大家都约好了要来搭乘这趟车似的。但是一想，也同样正常，等了这么久，每个车站的人都会多，一站站拥上来，人不多倒怪了。

我走下车站台阶，那车十分可恶，明明要停了，偏偏又往前多滑了几米，车门还没打开，已被拥了个结结实实。我刚打算加快脚步，有两个女人从我后面插了上去，我心有不甘，但还是算了，别和她们争吧。我往后靠了靠，结果又碰到站在我身后的一个女人。

"你靠什么靠？"那女人显然觉得我是有意后靠，想企图碰触她某个部位一样，声音特别严厉。

我就是这样，别人一严厉，我总会感到不安。于是我回头打算道歉，但我立刻就发现了，她那里有什么好靠的呢？她的胸脯之平，是我从来没见到过的。在一阵既突如其来又莫名其妙的失望之下，我有点被激怒了，就说一句："你有什么好靠的？"

那平胸女人不知怎么回答，对我狠狠乜了一眼。

我懒得去理她，抬脚上了车门。一上车，我又发现一个难题横在我面前了。我现在只有五块钱，是一张五元的钞票。坐车你知道，只要向那个投币箱投一块钱就够了。这种情况只有一个解决办法，那就是你把自己的钱投进去，再从你身后的乘客手上接过本应该由公交公司找给你的零钱，但公交公司不会给你找，坐在驾驶位置上的司机也不会给你找。我一犹豫，那个司机也用一种特别严厉的声音对我说："动作快点！后面还有人要上。"

他说得有道理，我觉得我应该对一个道理表示服从，于是我把手上的那张五元钞票扔进了投币箱。这是我身上最后的钱了，我特别明白这一点。于是我转身想从后面上车的乘客手上接过他们要扔进投币箱的零钱，我转身一看，紧跟在我后面上车的就是那个平胸女人，她手里捏着一枚面值一元的硬币，正打算放进钱箱，我赶紧一拦，说："给我。"

不料，那平胸女人像没听到似的，她眉头一挑，脸上的神色不好形容。我能够判断的是，在她一瞬间布满脸上的诸般神色中，有一种可以称之为"傲慢"的神情在衬托她对我的视而不见。她手上的动作更快，但并不显得匆忙，我只听见"叮咚"一响，她手上的硬币已经掉进钱箱里了。

我知道你是什么意思，但对我来说，这是没办法的事。我看了平胸女人的背影一眼，那个影子很快被一群手臂吞没了。我立刻发现，我这一眼望得不是时候，我刚把头重新掉过来，又听见"叮咚"一响，一枚后面的硬币又掉进了钱箱。

"喂喂，"我急了，赶紧说，"我还没找钱的，别扔进去。"

但那枚钱已经扔进去了，扔钱的是一个老头，还戴着一顶我多少年没看见过的草帽。他把帽檐一掀，说："你说什么？"

今天真是怪了，好像每个人都用一种相同的语气对我说话。但他是老人，我当然不能对他发火，于是我又说一句："我还没找钱。"

"没找钱？"他说，"那关老子什么事？"

我觉得这世界简直是莫名其妙了，我立刻想对他也吼上几句，但那又没什么用。在又烦又闷之下，我不打算浪费时间，把两只脚站舒服了些，去看下一个上来的是什么人。

上来的是最后一个乘客，一个架着眼镜的学生模样的人，我把手对他一伸，但我立刻发现，我把手伸早了，那个人不慌不忙，从兜里拿出一张 IC 卡，对着刷卡器一刷。我发现我对他身份的判断是正确的，那个扬声器用标准的普通话说了句"学生卡"。

真是没办法了。我在车头站着，平时我坐车的话，早就往车后挤过去了，但今天没办法，尽管车头在发动机的震动中热得难受，我还是得艰难地站在这里。车内人太多了，我感到自己的汗珠直往下掉，一股难闻的汗味在这里弥漫，但我还是得站在这里，因为我要等这趟车开到下一个停车站，好从上车的人手上接过该找给我的零钱。

车上真是又闷又热，特别是车头，从两扇巨大的挡风玻璃外，透进来像要把人烤焦的阳光。车子慢吞吞地开着，我觉得路面简直都要被太阳晒软了，但大街上还是有那么多的车。那些在车上的人都是要干什么去？这么热的天居然还在外面跑，如果他们是去银行取钱，我倒是可以理解，因为我现在就是要去取钱。提起取钱，我就想起了小赵。小赵啊，小赵，你他 × 的怎么就不干点好事？非要我把钱存到你那里不可。我开始在心里骂起他来了。尽管我也知道，我这么骂他是没道理的，如果当时我没去他那里存钱，那存折上的五百元钱现在肯定也早给我用光了。钱就是这样，你把它放在身上，你自己也不知道它什么时候就没了，至于它用在什么地方，它究竟为你干了些什么，你又很难回想起来。

车又进站了。我看着站在车站的人开始移动脚步，每个人都想第一个上车。随着车门的打开，一个人高马大的青年率先冲了上来，他的动作实在太快，对着投币箱把手一捺，我还没反应过来，那枚钱就掉进了钱箱。

"慢点！"我刚说一句，已经来不及了。

"你干什么？"那人显然没有防备，对我突然伸手的动作有点猝不及防。我的感觉就是，他当时吃了一惊，但马上恢复了他的气势。我感到，他恢复得有点过分了，因为他接着就对我说："站在门口干什么？里面点！"

这种口气实在太可恶了！我立刻握起拳头，对准他的下巴狠狠就是一拳，但见四颗门牙立即从他满嘴是血的口中吐了出来——是真的吗？不是，不是，我要赶紧告诉你，这个场景并没有出现，我只是这么想了一下。事实上，他还狠狠地推了我一把，使我不由自主地往车厢里面移动了一下。我真的想给他一拳了，但是不行，我立刻想到我还有钱需要从别人手中接过来，于是我把身一侧，让那个青年从我身边挤了过去。

但就这么一点工夫，又有几个乘客把手中的零钱扔进了钱箱。我真是感到绝望了。我对自己说，无论如何，下一个人的钱我一定要接过来。

尽管我又被后面上来的人往里挤了一下，还是看得到接着上车的人。一个女人上来了，是这一站上车的最后一个。她手里没拿钱，正靠着刚刚关上的车门，低头掏着挎包。我看见了，看见了，一枚硬币像座岛屿一样从她挎包的海洋里闪现出来。我欣慰极了。我真的感到欣慰，因为她的零钱我肯定可以接到了。但她的钱还没掏出来，就听见那司机突然"咳咳"两声，说了句："你不认识我了？"

那女人把头一抬，定睛一看，"哎呀呀"一声，差不多是喊了起来："是你？敌敌畏？"

司机似乎有些尴尬，向后面望了一眼，身子一探，说："别叫小名。"

那女人一笑。这朵笑容的浪花顿时又把那座硬币的岛屿给淹没了下去。她走到司机旁边，说："我早听说你在开车，想不到今天竟然遇上了。"

她往前一迈步，把我的位置又占去了一些。没办法，我又被迫往车厢内挤进去一些。离车门越来越远了，我真的感到绝望起来。这是什么日子？这是什么生活？这是什么天气？——那司机叫"敌敌畏"？那又是什么名字？

我的衣服已经全部被汗浸透了，那种黏在身上的感觉让我心情糟到了极点，但是我还得忍着。是啊，这日子就得忍着，毒辣的阳光也得忍着，这生活更得忍着，还有那个小名叫"敌敌畏"的司机，他和那女人兴高采烈的交谈我也得要忍着。我要忍到什么时候才算是个完？在这个时候，我觉得我简直是恨透了小赵。×的，我见了这小子，我觉得我简直会忍不住要掐断他的脖子。

"你现在在哪里？"敌敌畏说。

"在统计局。"女人回答。

"那可是好地方。"

"什么好地方？还不都一样。"

"结婚了吗？"

"你看呢？"

"我看？还没有吧。"

"我小孩都两岁了。"

"不会吧？那可看不出。"

"真的呀？什么时候你也学会说这种话了。"

"哪种话？"

"油腔滑调。"女人笑了起来，竟然是"咕咕咕"的声音。

你听听，你听听，这是什么谈话？我实在忍不下去了。但我现在又能到哪里去呢？挤到车厢后面吧，我还有四块钱没拿到，在这里待着吧，又实在没办法忍受他们的这种对话。我简直不知怎么办才好。算了！我做出了继续待在原地的决定。无论如何，我得把那四块钱拿到手上。那是我的钱，是我的钱！我的全部精力都集中在这四块钱上面。但我已经受不了啦！已经受不了啦！阳光从车窗外照进来，热得简直没地方躲。特别是，我口渴得已经冒烟了，我身上的水分都已经化成汗，每个人都好像是黏在一起，每个人的汗都流到一起来了。我真想挥拳揍上谁一顿才好。

这时车又到站了，外面的车站牌上用标准的仿宋体写着"八一桥"三个红字。我应该在这里下车。

就到站了吗？但我的钱呢？该找给我的四块钱呢？

我紧张地看着打开的前门，但我突然一个上来的人都看不到了。和司机说话的那个女人想腾出点位置，又把我往里面挤了一下。我是站在驾驶室的铁皮台阶上的，统计局女人把我一推，她当然是无意的，但我向后一退，一脚踏了个空，整个人便往后一倒，天哪！一声惊叫简直没把我的耳膜喊破。我赶紧拉住围着驾驶室的横管才没继续压下去。

"你干什么？"又是一个女人的严厉斥责声。

"×，你以为我要干什么？"我终于忍不住对她吼了起来。

"和女人吵，也好意思？"那统计局的女人不屑地说了一句。

"你说谁？"我转头又问。

"我可不知道。"统计局女人说，望也不望我。

　　我简直快要气疯了，但我什么话还来不及说，就看见"敌敌畏"已经把车门的按钮摁了下去。天哪！该我接过去的最后的零钱在这时候又已经或一枚或一张地投进了钱箱。

　　我慌忙说："慢点，慢点。"

　　"下车要到后门下的，你不知道？""敌敌畏"把头一侧，对我不耐烦地说。

　　"但钱还没找给我。"我说。

　　"钱？什么钱？"

　　"我上车就投了五块钱，要找四块钱给我吧？"我说。

　　"上来了这么多人，你怎么不接？""敌敌畏"说。

　　我怎么不接？你告诉我，我要怎么来回答他？

　　"你现在下不下？""敌敌畏"懒得再说别的，问了一句。

　　我真的为难了。我已经到站了，我应该在这里下去，但我的钱还没拿到。

　　"该找的钱怎么办？"我问。

　　"那我就不知道了，"敌敌畏说，"你现在要下就快点。"

　　"但钱没找给我！"我实在忍不住了，对着他又吼了起来。

　　"开车，开车。"车上的乘客已经受不住了，纷纷说了起来。他们忍不住了吗？但他妈就没一个替我说句话，好像谁也不觉得我应该拿了四块钱才能下车一样。

　　"你不下我就开车了。""敌敌畏"感觉有了民意的撑腰，说，动手打算挂挡。

　　"但钱怎么办？"我一脚踏上了驾驶室。

　　见我脸色不善，敌敌畏把身子向窗口旁一闪。

　　"也是个男人。"统计局女人又鄙夷不屑地从鼻孔里说了句。

这是什么意思？是什么意思？我心里涌上了一个想抽那女人耳光的冲动，但那又算怎么一回事？我自己都没办法知道。我只是想拿到应该属于我的钱。

"你再等等！"我已经不耐烦了，又对他吼了一句。

这句话招来了车上乘客的一片反对，他们望过来的目光几乎都是一种不屑和鄙夷。我看得没错，是有一种鄙夷，就像那个统计局女人所说的那样。他们的眼神在说，"也是个男人？！"但我恶狠狠的样子使他们没有说出这句话，我真想揪住我身边的那个人高马大的青年，要他说个明白，搭乘一辆公交车不是只要一块钱吗？这世界不是一分钱一分货吗？我难道就不应该拿到我的那该死的四块钱吗？

"真是！真是！"我听到了几个女人的议论，但什么"真是"？我开始极力控制着自己，我感到我已经受不了了。

"热死啦，热死啦！"车上又开始响起了这样一片此起彼伏的声音。从这片相同的声音中可以知道，现在忍着的人是大多数——天哪！大家都在忍吗？如果大家都是在忍，我就不应该老是觉得我孤独才对。我干吗老是觉得我有什么不同呢？现在看看就知道，整车人都和你一样，都觉得"热死啦"，你要是觉得自己真正与众不同，现在就应该觉得凉快才对，可是你还是觉得自己也"热死啦"。是啊，我真的觉得我快要热死了。坐在窗口旁的人把窗玻璃都推了开来，但一点也不解决问题，车子没动，外面一丝风也没有，阳光简直就像火一样烫进来。这日子真不知怎么过了。我发现我在很多不同的地方和不同的时间，都发过这样相同的感叹，但我还是在过，还是一天天在肉体和精神的折磨中过下去，我真的不想过了！

但热得不行的车站上已经没一个人走过来。

"可不能老等哪。"被我脸色镇住的"敌敌畏"终于小心翼翼地说。

"我不下了。"我忽然说。

是的，我不打算下车了，我要一直在这辆车上，我要拿到该找给我的钱后再下车。四块钱不多，但这不是四块钱的问题。那么这究竟是个什么问题？我觉得很难用一句话把它讲清楚。我感到我心里涌出一种恨的感觉。我恨什么？恨车上的这些人吗……或者说，我恨我的生活吗……一个小说中的人物才会这样堕落，以致他恨起来才会这样无缘无故。是的，在那个时候，我感到我在向一篇小说中的人物堕落下去——我为什么要写小说？我现在明白了，就是因为我迷上了我的堕落和无能。

车开动了，不多会儿又到了一站。我无论如何也没想到，这站上来的第一个乘客是个半百老太太，她一上车，我就注意到了，她手中拿的是一张十元纸币。她在我绝望的注视下把它扔进了投币箱，然后就一声不吭地站在我前面，从后面上车的乘客手上接过他们的零钱。每接一张，她就数"九、八、七……"我好几次想告诉她，还有一个比她早上车的人也在等待别人的零钱，但我要和这老太太去争吗？我要去恨和我处在一个相同窘境里的人吗？

后来呢？后来的事我告诉你，一点戏剧性也没有，就像我们现在的生活，一点戏剧性也没有。我一直乘到了这趟车的终点站，我一直没拿到该找给我的那四块钱。我感到我被一种越来越强烈的愤怒和恨给死死地钳住了。所有的乘客都下车了，我一跳下车门，直接就绕到驾驶室那边，对着刚刚下车的"敌敌畏"说："我的四块钱怎么办？"

"敌敌畏"一愣，说："那我可没办法！"他说着，就想把我摆脱。我越来越控制不住了，把手一拦，说："你别走！把要找的钱给我！"

"敌敌畏"简直被我这句话搞蒙了。他说："这不关我的事。"

就是这句话，就是这句在下午毒辣的阳光下说出的话，使我再也控制不住了，我抬起手，想也没想，对着"敌敌畏"的下巴狠狠地就是一拳。

接下来的事更加没有戏剧性。在敌敌畏的"嗷嗷"叫嚷之下，三个从车站冲出来的保安使我立刻看清了我的糟糕形势。"敌敌畏"倒在地上，我转身从车站大门跑了出去。我听到那三个张牙舞爪的保安在一迭声地喊："站住！站住！你还跑？站住！"

在这种威胁之下，我跑得更快了。我要向你承认我在奔跑时的心情吗？我对自己充满了鄙夷和不屑。这究竟算什么？我在害怕吗？一个小说中的人物就会这样，被一群猎犬追赶得落荒而逃。那么刚才那一拳又说明了什么？一个小说中的人物只能把最大的愤怒留给自己去吞咽。

我明白了，我什么都没办法去恨，只除了我自己。

我跑出了大门。我要向你承认，在那个时候，我唯一的动作就是甩开双腿，我唯一的姿态就是不停地狂奔，像一只落荒而逃的兔子。你要鄙夷和嘲笑我，就鄙夷和嘲笑吧。在你嘲笑之前，我已经对自己充满了鄙夷和不屑。

我一口气跑出大概六十来米，回头看了看，那三个保安已经没有了影子，我猜他们根本就没打算真的追出来。那我这样不要命地奔跑干什么？我弯下腰，把手按在膝盖上，大口大口地喘气。阳光直直地照着我，我的满头大汗简直没办法分辨是跑出来的，还是被阳光照出来的。我一点力气也没有了，我的两条腿像灌满了铅一样沉重——你就不用提醒我这譬喻有多么庸俗了，我希望你明白的是，在很多时候，庸俗往往意味着真实和准确。

我立刻发现了另外的一件事，我乘车的目的是要到"八一桥"去，但现在我离那里有多远啊。我该怎么去呢？我看得十分清楚，除了走着去，我再找不出别的任何办法。

于是我开始艰难地迈开步子。你有过这样的体验吗？路面被阳光整整烤了一天，在这个时候，你得浑身无力地向一个遥远的目的地挪过去。

是的，我就这样在阳光下走着，我已经一点力气也没有了。我口渴得难受，但我没钱去买一瓶矿泉水。我咬紧牙齿，艰难地往回走。一股愤怒在我胸中不停地涌出、压抑，再涌出，再压抑，我甚至搞不清这股愤怒是因为什么了。阳光像要给我洗澡一样地铺在我身上，我简直快要晕倒了。我承认，如果可以把我差不多要晕倒的原因来个深究的话，是我对自己的鄙夷和不屑剥夺了我剩余的力气。

我忘了我走了多久，那个储蓄所已经在望了。但是我突然愣住了，一辆押运钱箱的押运车停在储蓄所的门口。我一慌，难道下班了？果然是下班了，已经五点了。我看见小赵正拎着一口钱箱从储蓄所出来。

我不能取钱了！这个事实简直让我没办法接受。

小赵把钱箱交给押运员，转头就看见了我。

"小军？"他很意外，"你怎么来了？"

"我来取钱的。"我说，我感觉我望着他已经开始有点火气了。

"但我们下班了,"他一点感觉也没有,说,"你怎么这时候才来?"

"路上出了点情况。"我说。

"但你不知道吗?"他说,"你这存折是可以在任何一个银行取的,你住的门口不是有一个吗?"

我真是没办法控制了,我不知从哪里突然又来了力气,我一步就冲了上去,伸手揪住他的前胸,对他大声吼了起来:"你他 × 怎么不早说?怎么不他 × 在我存钱的那天就告诉我?你他 × 的!他 × 的!"

小赵被我的反应惊呆了,他想把我的手拉开,说:"你怎么啦?怎么啦?冷静点,冷静点!"车旁的几个押运员也赶紧上来,想把我拉开。

但我死死揪住小赵的衣服,冲着他拼命地吼,我不知道我吼了些什么。五点钟的阳光照在我身上,它还是如此毒辣,我感到我无论如何也没办法平静下来。

兜了个圈子

　　我的烦恼已经差不多一年了，但很庆幸，有好几个人在忍受和我一样的烦恼。我的烦恼来自于我目前的工作状况，和你不同，我每天的工作就是晚上值夜班，三百六十五天，每天都值。我并不想值夜班，我们夜班组的人个个不想值，因为我们都还年轻，都还想干点实际的事，干点有前途的事。任其发就说过，对于一个银行职员来说，值夜班是没前途的，也可以说是最没前途的，他说这句话的时候，是他离开夜班组到出纳科的前夜。对于他的离开，我们羡慕他，当然也祝福他。

　　说到任其发，我就得解释一下，为什么他（也包括我们全体）说银行的金库夜班室是个最没前途的岗位。我们总结了三条原因：首先，这里没有任何一种业务可以让你学习；其次，这个岗位无疑是受歧视的一个地方，发配到这个值班室的，要么是新来乍到，要么是没有过硬的靠山；再次，因为上班时间是晚上，全行将近两百号人，你能认识的绝对不会超过十个。你得同意，在一个单位不认识人，肯定特别难混。我落到这步田地，既不是新来乍到，也不是没有靠山（尽管不硬），而是我一直以来就有一个睡懒觉的恶习，迟到在全行是出了名的。一次在省分行的检查中，我的迟到惹恼了检查组的主任，作为惩罚，我被人事科长叫去谈话，从那里出来时，我的上班时间已经变成了每天晚上十点，至于下班时间，就看什么时候从值班室的床上醒来了。

被安排在晚上值班守金库的都是未婚的男性青年。既然未婚，也就注定了精力过剩，而精力过剩的一个标志就是晚上不睡觉，对值夜班守金库的我们来说，这一点是极得保卫科长、分管保卫副行长及行长赏识的。因为他们需要的就是我们精力过剩，就是我们晚上不睡觉，让金库安全得飞不进一只苍蝇，至于不睡觉以外的其他过剩精力该如何消耗，就不是他们所关心的了。

那么，其他的过剩精力究竟如何消耗？最有办法的是我们夜班组的组长吴得志。在值夜班的四个人中，吴得志块头最大，工龄也最长（守库已达三年），由他当组长是没什么不得民心的。该组长特别引人注目的是他的肱二头肌特别发达，从四月末到十月初，他都喜欢光着膀子在夜班室走来走去，即使在冬天，他也穿得很少，因为他怕热不怕冷。每晚十点，他到值班室的第一件事就是在床上打坐，一坐就是半个小时，除了领导来叫，雷打不动。他说自己在练一种少林寺传出的气功，等到功成之日，不但冬天可以光膀子，还可以用食指在墙上戳一个洞出来。每次看到他这个样子，我总觉得他是想在我们面前进行一番身体的炫耀，因为我、于国庆、赵小刚都没有他那么发达的肌肉和奶牛样的身材。他也没有辜负他的肌肉和身材，有一天赵小刚突然告诉我吴得志和住在金库楼上集体宿舍里的杨春花好上了。一听说，我就觉得特别诧异，杨春花并不是银行职工，她是我们人事科长的一个亲戚，醴陵人，年龄说大不大，说小不小，看上去也就在三十岁到五十岁当中，不会比三十岁年轻，也不会比五十岁要老。她来的原因据说是她老公半身不遂了好几年，她实在不想在乡下待下去了，因为学过理发，就找了我们的人事科长，在银行借了间房，为职工廉价理发。另外恰巧有两个单身职工因为我下面会提到的原因搬出了宿舍，空出一个房间，杨春花就住进了那间寝室，算是在我们这里留了下来。赵小刚告诉我吴得志竟然和杨春花好上了时，我的确诧异，不仅仅是女方的年龄，而是她腿粗手壮得和吴得志本人差不了多少。吴得志在女人方面是这么个水准的确让我诧异。

至于赵小刚，一年前到人事科报到时就给分到了保卫科夜班组。他分到这里就是我刚才说过的那些缘故，因为他新来乍到，因为他没有靠山。但这小子心思极为缜密，他想在单位打开局面的上进心使他想到要使自己具备一些非凡的才能，他找到了突破口后就积极进行操练。他找到的突破口就是每天喝白酒，由一钱到一两，一两到二两，逐步递增，到目前为止，他一个人喝上两斤老白干已不成问题。剩下的事情就是如何逮住和领导进行较量的机会了。我一直没有搞懂，他把酒量喝大，是究竟想把领导喝到桌子下去，还是想替领导把别人喝到桌子下去，至少他没有对我们明确说过，但他对酒量喝大就能混出人样这一点特别坚信。只是一年下来了，他始终没有逮住他想要的机会。不过，他对机会的积极寻索倒是对我们有那么一点好处，那就是他喜欢打听全行发生的所有事情，然后在晚上再巨细无遗地告诉我们，使我们不至于因为天天值夜班而完全不知道这幢大楼在白天出现的种种状况。当他发现我们听得认真，听得仔细的时候，就会突然中断自己慷慨激昂的演讲，十分得意地吹上一段口哨。这个无药根治的怪毛病是哪天染上的我们没去考证，因为我们都不是医生，没有给人看病的义务和本事。

剩下的于国庆是我不想说的，他比赵小刚晚来半年。我之所以不太想说他，是因为他有和我们极不相同的两个方面：第一，他戴着一副眼镜，度数之深是我以前从来没见到过的；第二，他不喜欢和我们说话，每天一来就是搜刮报纸，其结果就是他床铺的棉絮下铺了一层厚达数厘米的过期废报，完全可以充当另外一层棉絮了。该层棉絮以《参考消息》为主，逢到无报可看的晚上，他就掀开棉絮，随便拿出几张颜色变黄、时效全无的纸页，把去年，甚至前年的新闻重新温习，同样看得仔细，看得津津有味，甚至还看得激动不已。我怀疑他连报纸中缝的寻人启事也看得可以倒背如流了。让人不可理解的是，一看到激动的当口，他就从椅子上一跃而起，两个箭步冲到我们面前，通过朗诵使我们把那段发黄的历史牢牢记住。

于国庆到我们夜班组来，是顶替刚结婚的任其发，任其发一结婚，就顺理成章地从夜班组调到了较有前途的出纳科。他的婚结得非常突然，一直到婚礼那天，我们才看见那位粗眉小眼的女人，我们当时就觉得，这个在单位没有靠山的人之所以结婚，只是想要离开谁也不想待下去的夜班室，因此我们对他的婚姻隐隐感到不安。在他离开前的那段时间，整个人显得极为激动。作为一个超级球迷，任其发对意甲足球的评论一直有着超越黄健翔的独到之处，但在他离开前的那段时间，晚上播意甲足球之时，他的评论已明显地语无伦次。我们不知道后来发生的事情是不是证明了我们当初的担忧，至少，在他结婚几个月后，每周就总有那么几天，他会脸色铁青地坐到我们的值班室，有时长吁短叹，有时干脆和赵小刚喝酒，喝得自己一步三晃，不醉不归。

我刚到夜班组时，任其发还在这里，我没去打听他在这里究竟干了多久，因为这是个说起来让人郁闷的话题。我们谈话，都是谈点别的，实际上也没什么好谈的，大概在这间值班室的人，既有同病相怜的惺惺相惜，也有谁也瞧不起谁的那么一点意思。吴得志话少，因为他要打坐。赵小刚话少，因为他要喝酒，和酒鬼爱说话的习性相反，他越喝话越少，总是十分紧张地考虑如何逮住让领导认识自己的机会，但他的办法不多，给我的感觉就是他无从下手，为此他征询过我的意见，我对这样的事极不耐烦，就把手一指，要他去问吴得志。但后者显然对气功的偏好超过了对同事前途的关心："想离开这里啊？老子也想。"他只说了这么一句，就算是给提问者指点迷津了。

在夜班组，吴得志既是组长，资格也最老，另外就是其气功练到了第几层境界谁也没底，他曾当我们的面用食指戳过墙壁，洞虽然没有戳出，但簌簌落下的石灰已显示出其功力已达一定火候。赵小刚不敢多问，但吴得志说的话没错，谁都想从这里离开，吴得志干得最久，当然也最想离开。据赵小刚透露，吴得志去找过人事部门，想换个工种，但撞了一鼻子灰，"这事得问张行长。"人事科长说。吴得志一转身，又去了行长室："小吴啊，听说你在练气功？好事、好事，人才、人才啊，守库嘛，就需要你这样的人才。"张行长拍了拍他的肩膀，对晚上的安全问题给予了夜班组组长当面的极大肯定。很可能，正是张行长的当面肯定使吴得志的气功练得比以前更加勤奋了。

和他们相比，任其发的话要多一些。我和他还有一个相同的喜好，都喜欢看足球，而他对足球，特别是对意甲足球的评论一直是有着超越黄健翔的独到之处的。他也有两个和别人不同的习惯：一是抽烟，但他自己不怎么去买，即使买了，档次也绝对不高，因此我扔在桌上的烟总要被他消耗一小半；另外一个习惯有点滑稽，这个习惯和吴得志喜欢光膀子恰好相反，他特别喜欢穿中山装或制服，究其原因，我觉得他是对纽扣有着非同一般的喜好，因为我从没看见他把纽扣的扣子扣对过，他永远把第一粒纽扣扣在第二个扣眼，顺理成章地下来，他衣服的第五个纽扣，也就是最后一个纽扣永远找不到该去的地方。我提醒过他一次，他当时只垂下头看了看，同时"噢"了一声，非但不改，还伸手把那个纽扣捏在手中把玩，一点也没有想去更正的意思。我后来发现，他每件衣服的第五粒纽扣都磨损得特别厉害，大概是他经常捏在手中把玩的缘故。我对每个人的私人爱好一般是不加干涉的，因此这种提醒我只提了一次，以后就不再浪费唇舌了。这是他的性格，在我看来，这又是最没有性格的一种表现，他摸纽扣的样子实际上就是一副六神无主的样子。因此，尽管嫁给他的那个女人粗眉小眼，我还是觉得，那女人骑到他头上将是正常的。他从这里离开后，我们谁也不去想他，唯一想他的是顶替他的于国庆。

每天晚上，吴得志一来就坐到床上打坐。当他半小时打坐完毕，就脑袋左右一晃，第一句话就是问，于国庆呢？还在外面？还在营业间看报？叫他进来，叫他进来。于国庆进来了，望着组长，但组长什么事也没有。吴得志结实无比的肱二头肌令于国庆望而生畏，他不敢再出去，就猫在靠墙的藤椅上继续看报。值班室光线不好，并不是没灯，而是我看电视时不容许有日光灯的灯光，因此，值班室只有桌上的一盏小台灯亮着，于国庆就在 1.5 的视力也难以适应的昏暗光线下把报纸贴到脸上，继续充当值班室的学习楷模。赵小刚则不同，一到吴得志打坐完毕，就开始不停地看表，他希望时间快点过去，他一会儿给我和吴得志递烟，一会儿给我和吴得志兑水，于国庆虽然在场，他一般是当那个人不存在的，因为在他看来，一个瞎子是用不着跟他讲客气的。他给我和吴得志做这些事，也是想时间快点过去的一种消磨方式。我们看电视通常只看到凌晨十二点，十二点一过，赵小刚就立即把靠墙的那张折叠的麻将桌摆好，从电视机桌柜里拿出麻将，这是他除白酒之外的第二个爱好，在他眼里，这个爱好和白酒一样，将和他的未来前途密切挂钩。

　　一到这时候，于国庆就开始想任其发，因为他不喜欢打麻将，首先是他的视力，其次是他的手气，这两点又通常是联系在一起的，但我们要打麻将，每晚都打。事实上，除了打麻将，又有什么更好的办法来对付令人难以坚守的下半夜呢？只是赵小刚的兴奋与于国庆的苦闷在麻将桌上形成两个反差巨大的对比。为了迁就于国庆小声提出的建议，我们打得不大，每圈只值人民币两元，几小时下来，输赢也就控制在人民币五十元以内，并且每次的结果变化不大，几乎都是于国庆从钱包里拿出这五十元左右的人民币，由我和赵小刚、吴得志三人进行平分。如果是任其发来，于国庆就赶紧抽身，我们也希望如此，因为每圈的价值将会提升到人民币五元，输赢的数目也会大点，谁输谁赢的悬念也要等最后方见分晓。谁都知道，数目越大，精力也就越盛，我们过剩的精力将无疑得到更好的排泄。

在任其发结婚的那天，我们都以为他将热泪盈眶地与我们从此分道扬镳，没想到他从值班室才失踪几个月，又很快变成我们房间里的义务值班员，往往一值就是一个通宵。他第一次来的时候脸色铁青，我当时的感觉就是他的钱包和扒手进行了一步到位的接触，但我们很快知道，事发原因出在他粗眉小眼的老婆身上，至于究竟是什么原因，任其发却只以讳莫如深的暗示勾起我们的恻隐之心。最后通过赵小刚在白天的四处奔走，终于带来了两个版本不同的小道消息：第一个版本是说任其发的老婆在结婚前就已经怀孕，她现在日渐膨胀的肚皮和任其发拐弯抹角都扯不上关系；第二个版本有点滑稽，说的是任其发老婆在睡着后就喜欢磨牙，而任其发睡觉时对任何一点风吹草动都十分敏感。他老婆越磨越响的磨牙声往往使他辗转反侧，难以入眠；他老婆又绝对不能容忍任其发率先上床睡觉，为此任其发提出抗议，结果是他的抗议宣言刚一发表，其老婆就来势凶猛地以一记耳光给予了不容商量的回敬，任其发当时就蒙了。出人意料的是，这件事的后果竟是以任其发在第二天开始包揽全部家务而告终。当赵小刚把这两个版本带到值班室来的时候，我们都拿不准哪个版本更为可靠，吴得志和我倾向于第一个，赵小刚和于国庆则认为第二个的可信度较高。我觉得第一种版本可靠是有理由的，从第二个版本的说法来看，任其发无论如何也不敢隔三岔五地不钻进他老婆的被窝。至于事实真相，任其发三缄其口，只以讳莫如深的暗示勾起我们的恻隐之心。

只要一听到楼下传达室外有节奏地响了三下摩托车喇叭，我们就知道，是任其发来了。他每次都是十点半来，估计又是两个原因：其一是他要用这个方式告诉我们，他已经不再是夜班室的守库人员了，用不着遵守夜班的作息时间；其二是到这个时候，吴得志已经打坐完毕，他一上来就可以不需要面对他实在不想再面对的那尊光膀子塑像了。他还是愿意和吴得志说话，他之所以对吴得志还保持着以往的敬重，是因为这个从夜班组调到出纳科的新婚男人仍没露出能混出一个人样的迹象。当然，对于国庆来说，任其发最好是天天来，只要他一来，于国庆就可以省下本来要给我们发放的五十元人民币奖金。

"任哥你来了。"

"来了，你看报啊。"

"是啊，是啊。"

"吴得志下床了吧？"

"应该下了。你……看报了吗？"

"什么？"

"去年三月二十五号的《参考消息》你看了没有？"

"去年三月二十五号的？鬼还记得。"

"不记得了？啧啧，你看这篇报道，你看，你看，这世界乱成什么样子了。"

当然，替于国庆省出奖金的并非只有任其发一个人。在我们值班室楼上是银行的集体宿舍，那里的房间不多，住的人也少，在里面住得最多的是蟑螂，其次是老鼠。因此，原来打算在宿舍长住的单身员工大都搬了出去，倒不是他们对动物感到恐惧，主要原因是十点一到，传达室的大门就给关上，所有的晚上娱乐活动将全部取消。睡在传达室的是一个丧偶九年的鳏夫，姓曹，叫曹待兔。这名字你就去念吧，曹——待——兔，多么拗口，但是没办法，他就叫这个名字。曹待兔刚刚五十岁，大概是鳏夫生活过得太久，他嗓门特别粗，火气特别大，我们还发现，这个人谢顶已有相当一段时间，有点说不过去的是他的胡子也没见长过。他几年前就已病退，没多久实在无聊，主动找上行长，提出想守传达室，为群众发挥余热的强烈愿望。为了答谢行长的批准，他守传达室非常称职，每晚十点一过，就把卷闸门"哗啦"一放，想出去玩的出不去，在外面玩的回不来。曹待兔准时关门后，就蹲在传达室墙角给自己熬绿豆汤清火，据说这就是他每餐的食物，这个惊人节约的后果就是风传他的存折上存了一大笔钱，另外风传的就是他打算用这些钱来做两件事：一是给自己找第二个老婆，二是给自己买副好点的棺材。我们觉得，他要实现的第一个希望真是越来越渺茫，越来越有难度。没什么原因，就是一种感觉。对住在那扇卷闸门后的人来说，他唯一例外对待的是任其发，因为任其发曾借给他一本书后一直忘记索回，因此，曹待兔给任其发十点半开门时非但没有怨言，动作还异常麻利。他的另一种态度则是在吴得志身上发挥到了极致，如果哪天我、赵小刚，或是于国庆迟到了，他会在我们的一番好言好语之下骂上几句开门，对吴得志就不同了，要是吴得志哪天迟到，曹待兔会不可思议地咆哮如雷，对吴得志进行一番臭骂。如果吴得志在骂得晕头转向后清醒过来，可以理解地进行一番反击之时，曹待兔的骂声当即会升上一个档次，我们在里面既觉得莫名其妙，也觉得曹待兔的确过了分，好像吴得志抢了他什么东西一样。他抢了吗？我们认为没有，但也只能用一番好话组成的火力来瓦解他的辱骂。等曹待兔自己也觉得骂过瘾了，这才会恶言几句，往地下吐口浓痰，再起身开门。因此，在曹待兔的尽忠职守之下，不难想象有多少人会愿意在楼上的集体宿舍长住，但你也知道，这个世界到处充满着个别和例外，住在集体宿舍的恰巧就有这么一个，这个人愿意住在这里，一辈子住在这里，赶也赶不走——她就是人事科长的亲戚，现在在我们银行担任理发师一职的醴陵人杨春花。

　　杨春花是什么时候在这里就职的我们都不知道，甚至她哪天开始与我们形成楼上楼下邻里关系的我们也全不知情，最先发现蛛丝马迹的是喜欢到处转悠的赵小刚。那天当吴得志打坐完毕之后，赵小刚拿着手电从外面进来，他刚去检查这幢大楼的动静。我记得他那天进值班室后显得特别兴奋，他一头冲进来，坐也不坐，站在电视机桌旁就语速极快地说他刚去楼上检查的时候，发现在集体宿舍的过道上，晾着一条从没见过的女人裤衩，在裤衩旁边，还挂着一副同样布料、同样颜色、同样花纹的巨型乳罩……住在集体宿舍的不是没有女人，但她们从没把这类物件在过道上挂过。楼上肯定来了新的女人！赵小刚下了一个我们绝无异议的结论。但这个人是谁呢？竟然有那么大的乳罩。"有那么大！"赵小刚脸色兴奋，给我的感觉就是他一口酒下肚后差不多要跃跃欲试了——他究竟想试什么？

　　赵小刚的反应让吴得志颇为鄙夷。没见过女人啊？他手肘一弯，向上抬起，结实的肱二头肌顿时露出坚挺的本质。赵小刚最怕，也最羡慕的就是吴得志的肱二头肌，我不知道他怕什么，但只要吴得志的肱二头肌一挺，赵小刚就立刻噤口。那天吴得志的肱二头肌挺起之后，赵小刚喉咙里的刹车系统明显失灵："是红色的，红色的，有那么大！那么大！"从来没那么激动过的赵小刚甚至比画起来。如果你认为他这时的举动是有点失常的话，我既赞成，也反对，因为对于精力过剩的单身男人来说，谈论女人是一件十分正常的事，没什么可以指责的；相反，如果几个坐在一起的男人不去谈论女人，则绝对是反常的。所以，吴得志对赵小刚的鄙夷没有持续多久。

　　没多久，杨春花就和我们夜班组接上了头。和我们夜班组的值班人员相比，描述她要相对容易一些，她不仅仅是乳罩有那么大，其他的一切都有那么大，也就是说，她的脸型、腰围、臀部、手臂、肩膀、小腿、眉毛、嘴巴，甚至鼻孔，等等这些外在的身体部位，无一例外，都有那么大，唯一小的部位是眼睛，是那么小，是你想不到的那么小。我第一次看到她时，禁不住感到有些骇异，因此，我和她话说得少是必然的。这个女人和我们夜班组接头完毕，就喜欢在晚上跑到我们值班室来。这是可以理解的，她和所有的正常人一样，需要和别人交流，进行各种方式和各种话题的交流，特别是她作为外地人，在这里几乎没有什么熟人和朋友，她把我们当作熟人和朋友是可以理解的。当然，我们也把她当作熟人和朋友，这同样是可以理解的，我们都是男人，一个只有男人的地方难免单调，杨春花在我们值班室的任务就是驱赶这种单调。事实上，她完全胜任这个理发之外的"第二职业"。

　　最开始，杨春花到我们值班室来只看电视；最开始，她看电视只看一个钟头，或者只看完一部片子；最开始，她和我们都不怎么太说话，后来就不是这样了。那天于国庆在赵小刚摆好麻将桌后有点神色不对，原因是吴得志叫他来打麻将的时候他正在看一张去年的《参考消息》，还没看完就被吴得志点名，迫于组织压力，他从藤椅上犹犹豫豫地起身，明显不太愿意。当时杨春花还没走，于国庆忽然就对她小声地说："你来玩？我……"杨春花只犹豫了几秒，事后我们都发现，杨春花对打牌竟有着非同一般的喜好，说不定她早就想和我们打了，只是值班室恰好是四个人，因此她就一直没提，那天于国庆的主动让位对她来说无疑正中下怀。于是，有了第一次，就有第二次；有了第二次，就有第三次，杨春花紧步任其发后尘，开始为于国庆省出每次五十元的奖金了。杨春花牌技很差，值得肯定的是，她的牌风很好，比任其发要好，任其发喜欢在打牌的时候玩弄一些小花样、小聪明，我们都看在眼里，不去揭穿他，因为他铁青的脸色总是唤起我们的恻隐之心，更何况，他又能赢多少呢？所以算了，我们都算了。

但杨春花不同，她的牌风很好，非常好，和于国庆不相上下，就是说，她一上桌就给我、赵小刚、吴得志三人轮着放炮，轮着给钱。我们都喜欢牌风过硬的人，这种人大都性格外向，我们也都喜欢性格外向的人。只几个晚上我们就看出来了，杨春花的性格和牌风非常一致，只是她说的是醴陵话，有点不习惯，但是没关系，一点也没关系，我们在后来甚至都有点喜欢学她说话的腔调了。这个时候特别好玩，尤其是吴得志，学她说话的时候充分显示了连他自己也没挖掘过的语言天赋，在这方面，我们没一个比得上。杨春花也就顺理成章地和吴得志说话要说得多一些，有很多事她虽然当着我们的面说，实际上她只是对吴得志说。譬如，她的丈夫几年前就已经半身不遂，她想生个孩子都没办法做到，因此她在考虑离婚，已经考虑好几年了；再譬如，她和我们人事科长的亲戚关系，至于究竟是什么亲戚关系，我们都没听清，能够听清的是，她是对人事科长能够施加影响的那种亲戚。我记得这话让吴得志眼神一亮，他当即建议杨春花最好天天来打牌，因为于国庆不爱打，不会打，并且，他视力不好，手气不好，所以也不忍心要他打。这个建议不好全盘接受，杨春花在白天要恢复她的理发师身份，既不能天天来，也不能在坐到桌子上后每次都打上一个通宵，但是很明显，吴得志希望她来，越来越希望她来。他打坐一完，不再问于国庆是否还在外面的营业间看报，而是问杨春花呢？没来吗？我后来突然发现，喜欢光膀子的吴得志开始更加讨厌衣服，后来连长裤也索性从打坐时就脱掉，露出两条长满黑毛的大腿。我疑心是他的气功有了进境，他立刻同意我的观点，同时宣布我也有练气功的慧根。

他的气功果然有了进境。几个星期之后，他突然不打坐了，每晚十点一来，他不是进值班室，而是跑到楼上，他说他现在每天晚上都要到顶楼的天台上承接夜气。"承接夜气"是什么意思我们都没搞懂，也没有必要去搞懂，我们对他的气功不感兴趣，我们的兴趣也没有改变。我一进值班室就看电视，一根接一根地抽烟，赵小刚喝着酒，于国庆则搜刮报纸，我们谁也没有改变。我并不想值夜班，夜班组的人个个不想值，我们都还年轻，都还想干点实际的事，干点有前途的事；我们都羡慕任其发，他结了婚，离开了夜班组，到了出纳科。你要知道，出纳科，那是一个多么有前途的科室啊。

吴得志打坐是不折不扣的半小时，而承接夜气的时间就不那么固定了，长的时候像去厕所蹲了一次大便，短的时候只像出去进行了一次小便。当然，我们谁也没兴趣计算他的时间长短，他上楼的真相暴露后却一下子使我们来了兴趣。

那天赵小刚下楼去开水房打水，水还没开，他就想去传达室向曹待兔要一瓶，又考虑到曹待兔不太好惹，于是就想到了杨春花。当他上楼，走到杨春花寝室门前时，意外地听到里面传出一阵时断时续的斗殴之声，他开始一惊，想到自己的职责几乎就要破门而入了，正在他做好踹门准备的紧要关头，突然听出声音有些不对。他听出里面是一男一女，男的是吴得志，女的是杨春花。他们在干什么？好奇心使赵小刚侧耳细听，再细听，听明白了……当他把上述过程告诉我时，我感到诧异，一身腱子肉的吴得志怎么是这么个水准？同时我也感到欣慰，我们这个枯燥的夜班室突然有了一个事件，有了一个无论怎么谈论都不会令人厌烦的事件。这件事的吸引力相当巨大，连于国庆在吴得志一上楼后也凑进值班室来，和我们一起探讨。

"有那么大！那么大！"赵小刚总喜欢在说起杨春花某个部位的时候进行比画，但那里究竟有多大，我们都不知道，吴得志也不透口风。事实上，在一段不短的时间内，吴得志以为自己的事安全得密不透风，他有时会先下来，有时会后下来，有时两个人会一起下来，他们一起下来的时候一般都会假装巧遇，那个样子实在是让人感到有点好笑。当然，该公开的终究会公开，那条奸情的尾巴总忍不住要在麻将桌上摇来摇去。我觉得他们想隐瞒是有道理的，所以我们开始都装作视而不见，但我们都不是愿意长久忍耐的人，特别是赵小刚，他一直想搞清杨春花的某个部位究竟有多大。于是有一天，几杯酒下肚之后，他就突然冒冒失失地问了起来，吴得志显然没有防备，但毕竟是练气功的人，很快稳住了阵脚，而且，当赵小刚问题一出口，他就知道没什么必要再隐瞒下去了，他考虑了几秒，索性全盘托出。他的理由让我们都觉得十分充足，他想通过杨春花的关系先把人事科长的门路走通，以达到离开夜班室的目的。方式虽说猥琐，我们还是觉得，这对他顺利离开夜班组仍是一条可行的捷径，但任其发对吴得志的做法不以为然，以他的话说，"迟早会出事"。我记得，他说这句话的时候连纽扣也不摸了，而是伸出食指，小心翼翼地指了指吴得志的鼻尖。

我后来对任其发的说法有点赞同。首先，在吴得志坦白问题之后，我们都觉得他从这里离开应该有个三下五除二的速度，但一直没动静；其次，他开始公然和杨春花在值班室也勾肩搭背起来。这是我看不下去的，注意点，注意点，我总是提醒他，但吴得志已经什么都听不进去了。忠言逆耳是很正常的事，忠言逆耳的后果也常常不妙。对吴得志来说，除了从这里离开的后果外，什么也看不到，我们也希望他获得的也就只是这么一个后果。

正当我们打算为吴得志提前开个欢送会的时候，吴得志突然变得苦恼起来。我开始还没有发觉，因为我一来就只是打开电视，谁也懒得去注意。一连两天，吴得志不去天台承接夜气，也不盘到床上打坐，而是靠在床头，眼睛死死盯住前面一个墙角，可以一盯一小时不动。这个实在反常的现象我在第三天终于注意到了，而且，一连两个晚上，杨春花也突然从值班室失踪。我一发现这点就意识到出问题了。就像任其发的铁青脸色一样，吴得志的苦恼迅速唤起了我的恻隐之心。果然是出问题了。我问吴得志的时候，他开始没听到，我又问一遍，他才把脸对我转过来，一点表情也没有，我当时疑心他大概是练气功走火入魔了。究竟是什么事？吴得志终于神色紧张地向我吐露了苦恼的根源，原来是杨春花打算和她半身不遂的老公正式离婚，她连报告都打了。吴得志光着膀子，苦闷无比地告诉我。

这问题实在是大，大得出乎我们意外。赵小刚一口酒没喝完，把瓶子停在了半空；于国庆也把头从报纸上陡然一抬，我们几乎在一瞬间就面面相觑了。对于吴得志来说，结婚是很久以后的事，现在压根就没想过，况且，即使到下辈子，杨春花也肯定不会是他想要结婚的对象。一桩到处都会发生的风流韵事会急转直下地变成这样一个状态令吴得志措手不及。我们立刻把他围在中间，这是他目前需要的。

"她提出要和你结婚？"我终于问了起来。

"还没有。"他说。

"还没有？那你急什么？"赵小刚松了口气。

"她迟早会提啊。"吴得志回答。

"你怎么这么肯定？"于国庆说。

"那她离婚干什么？"吴得志回答。

这个推断是有很有逻辑性的，有逻辑性就有很大的说服力。我真的为吴得志感到不安起来，但我们大家都缺乏这方面的经验，因此不能给他提出什么摆脱的建议。我们想到了任其发，他是结了婚的，一个结了婚的男人肯定比我们有办法。果然，任其发有办法。他仔细听了吴得志的担忧汇报之后，摸着那颗找不到扣眼的第五颗纽扣，问了个我们从没想过的问题。

"人事科长知道吗？"他问，"人事科长知道你们的关系吗？"

吴得志一愣："人事科长？他不知道。"

"那想办法让他知道。"

"让他知道？你他 × 在出什么馊点子？"

"这可不是馊点子。"

"× 的，他要知道了老子不愁没鞋子穿！"

"那你不正好摆脱了？"

结了婚的男人果然是有办法，但这个办法需要冒险，这个险究竟有多大，还没有经过检验，因此，在冒险之前必须经过权衡，这个险值不值得去冒。是摆脱杨春花，还是从此穿小鞋，这个问题让吴得志非常犹豫。任其发对自己的办法十分得意，因此他一再对吴得志给予鼓励。我们这时突然发现，后者一身的肌肉虽不含糊，但谨小慎微、拖拖拉拉的性格完全展现了出来。一个这样性格的男人让我有点轻视。不过事情不是发生在我的身上，我也不习惯设身处地地为吴得志去想。事实上，我觉得整件事变得好玩起来，我当然想知道一件好玩的事究竟会有一个什么结果。

任其发阻止了吴得志的顾虑，就是说，他觉得应该用行动来告诉他，后果不去做是不会存在的。这和他经常脸色铁青地到我们值班室来一样，他必须让他那个粗眉小眼的老婆知道，没有她，他是可以找到地方去的。我们得承认，像任其发这种连老婆也制服不了的人，要混出一个人样是非常不容易的，是非常有难度的。因此，他十分奇怪地鼓励吴得志应该勇敢一点，应该坚强一点，因为他自己已经没指望了。他觉得，如果一个人干出一件惊动整个大楼的事将会引人注目，将会使当事人变得不同凡响。这感觉不全对，但有一定道理。我们没有料到的是，任其发会在对吴得志的鼓励中给自己注入非凡的勇气，使他下决心要参与到下面这件事的核心中去。不仅仅是吴得志，他任其发也要变得不同凡响。

我要补充的是，任其发热心地为吴得志出谋划策之时，提出了一个前提，那就是先要稳住杨春花，而稳住一个女人最有效的手段是继续跟她好。吴得志接受了。他没有想到，我们大家都没有想到这个前提会变成任其发计划中的一个重要环节。

事情发生的那天没有一点先兆。我像往常一样，在曹待兔拉下卷闸门前的那个瞬间走进了大门，穿过营业厅的时候，于国庆正在"咣啷咣啷"地检查营业间的抽屉。我进了值班室，赵小刚已经坐在里面，刚刚把一瓶"二锅头"的酒盖拧开。吴得志没在，赵小刚对我的胸口不无猥亵地凭空虚捏一下，眨眨眼，又向天花板瞟一下。

这些动作我懂，每次都是这样，他是告诉我吴得志到杨春花的房间去了。

我靠在床头，从烟盒里拿出一根烟点上，顺手把烟盒扔在桌上，我又伸手摁了摁电视机遥控，电视正在播一场意甲联赛。我希望任其发这时候能来，因为他对意甲联赛的评论一直有着超越黄健翔的独到之处。我看着电视，开始吞云吐雾。赵小刚这会儿正拿热水瓶下楼去打开水，他还没有回来，我就听到传达室外非常有节奏地响了三下摩托车喇叭。

任其发来了，这是他午夜的通知。

我动了动身子，让自己靠得更舒服一些。接着，我听到楼下卷闸门"哗啦"一声给拉了上去。我动了动身子，等着任其发上来。电视正在播的足球已然高潮迭起，是球迷就不能错过，因此我希望他快一点上来。我听到了摩托熄火声，然后是脚步声。有点意外，上来的好像不止一个，我想大概是赵小刚打完了开水，和他一起上来了，但是很快，我发现我的判断出了偏差。我听到的脚步声非常急促，他们没到值班室，而是一步一个脚印地到了值班室楼上。我感到奇怪，就仰头望着天花板，我听到的脚步声就在我头上停了下来。我感到奇怪，任其发到楼上去干什么。

我没来得及琢磨，就听到"咣啷"一声巨响，又是"咔啦"一声巨响，像是一扇门被人两脚踹开了。果然如此，因为紧接着就是两声惊叫传了下来，是男女声二重奏，男声是吴得志，女声是杨春花。出事了。我没有多想，立刻起身，向外跑了出去。坐在营业间的于国庆也正停下报纸，两眼紧张地望着外面。去看看，我对他说了一句，于国庆响应了我的号召，把报纸一扔，跟在我后面向楼上跑去。

一上楼，就看见杨春花房间的那扇门倒在地上；一冲进去，我就吃惊地看到人事科长正扭住赤条条的杨春花，左右开弓，给了她两记像响屁一样的耳光。吴得志站在床后，同样的赤身裸体，两只手紧紧抓住被单，捂住自己的下体，他强壮的肌肉一览无余，惊骇的眼神也同样地一览无余。任其发站在靠墙的位置，惊慌的眼神好像不知发生了什么事。体形单薄的人事科长现在力大无穷，他对着杨春花厉声大吼："你敢做出这种事！你他×明天就去和我弟弟离婚！"但见他抬腿又是一脚，踢在她肚子上，杨春花嗷嗷一叫，身子一仰，重新回到了床上。"你明天就去离婚！"人事科长又是一声大吼。"离就离！我早就想离了！"没想到，杨春花竟然进行了她的绝地反击。"你给我滚回去！"人事科长怒火不息，冲上去又要打。"滚就滚！"人事科长想再次扑上去。我担心出人命，赶紧一把把他拉住……一件没想到的事又发生了，那就是当人事科长仍然暴跳如雷地走后，吴得志突然运指如风，对着任其发吼道："你他×敢出卖我！"早就吓呆的任其发根本想不到躲闪，我们只听"噗"的一声闷响，任其发也嗷嗷一叫，捂着排骨蹲了下去，一股浓血从任其发手捂的地方淌了下来。想不到吴得志一指竟在他身上戳出一个洞，他的气功练成了。

但事情没完，过后我们才知道，在传达室熬绿豆汤的曹待兔对楼上突发的惊天动地之声摸不着头脑，他给保卫科长打了个电话，保卫科长又给分管保卫的副行长打了个电话，分管保卫的副行长又给行长打了个电话，他们火速赶到第二现场——也就是我们的值班室。庄严的银行大楼竟然闹出一件这样的丑事，那还了得？保卫科长、分管保卫的副行长和行长对我们轮流发脾气，当场免去吴得志的夜班组组长的职务，命令他第二天到保卫科报到，另行安排。在整个过程中，我们都不说话，垂着头，听着领导的训斥，但他们说着说着就发现没什么好说的了。挽救他们的是任其发，他肚子被戳了一个洞，没办法止血，不进医院是不行的。行长又雷厉风行地做出了两个指示：第一，通知家属；第二，现在由他和保卫科长亲自送他去医院看急诊。

任其发在医院躺了整整两个月。两个月后的一天，我吃过晚饭后靠在沙发上抽烟，快到上班时间了，我刚要起身出门，有人敲门了。我很奇怪，走过去把门打开，没想到外面站的竟是任其发。

"去上班吗？"他问。

"正要去。"我说，很奇怪他为什么这时候来。

"一起走。"他说。

我们出来了，向江边那幢大楼走去。他的伤口正在恢复，不能骑摩托。

"找我有事吗？"我问。

"没事，顺路，一起去。"

"你去这么早干什么？"

"是这样，今天一出院，保卫科长就打电话给我。不走运，又要到夜班组。"

"你又到夜班组？那你老婆呢？她一个人睡？"

"老婆？上个月在医院就离了。"

"离了？"

"是啊……呃，吴得志现在怎样了？"

"他啊，调去守传达室了。"

"他守传达？"

"是啊，守了一个半月了，天天说要辞职去开气功班，但就是没见动。"

"是这样……但是怪了，他去守传达室，那曹待兔干什么去了？"

"你没听说？他到醴陵去了，和杨春花一起去的。"

"什么？"

"谁也没想到啊，他和杨春花早就有一腿了。那女人不简单哪，和吴得志只是睡觉，离婚可是为曹待兔，曹待兔有钱啊。"

"不是开玩笑吧？"

"开什么玩笑，赵小刚一五一十把这事打听得清清楚楚。"

看着任其发一脸蒙了的表情，我忽然有点想笑，但我还是没笑，就像我忽然想告诉他纽扣没有扣对时一样，我已经懒得再去提醒。你看天上那么多星星在闪亮，它又提醒和告诉过我们什么？

床前明月光

一

东方红小学面积不大，其主要构成也就是一个篮球场，学校的三幢教室楼都建在篮球场周围。教室楼有四层。三年级乙班的教室在第二层，我们就坐在那个教室里接受语文江老师、算术陶老师的教育。我们还有其他教美术、体育和音乐的老师，但他们的课一个星期加起来也上不了几节，所以对我们来说，江老师和陶老师才是最重要的老师。

我们几个都不喜欢陶老师，因为陶老师总是脸紧绷绷的，还喜欢在上课时对不怎么听讲的学生点名批评。猴子是被他点名点得最多的，我挨的批评也不少，所以我们根本不喜欢他。后来猴子对我说，陶老师是因为至今没有女朋友，所以就对我们特别严厉。尽管我们那时还小，对女朋友的含义也模糊得不着边际，但猴子说出时，我们都自以为懂得。因此陶老师对我们越严厉，我们就越希望他找不到女朋友，最好是一辈子都找不到。

但对江老师我们就格外不同了，我们都喜欢江老师。不仅是江老师在我们眼里十分漂亮，也不仅是她有两根非常长的辫子，胸前搭一条，背后垂一条，还因为江老师有个非常好听的名字，江小雁。就在我们学校后面的那条江上，我们都看见过早上的燕子，尽管江老师名字中是"雁"而不是"燕"，但那幅燕子在早上飞过江水的画面令我们都非常喜欢。

因为江老师，我们当然就喜欢上语文课。我特别记得江老师用普通话带我们集体朗诵李白的诗：

床前明月光，疑是地上霜。

举头望明月，低头思故乡。

这首诗在我上学之前，妈妈就教我背过，但直到江老师朗诵这首诗时，我才发现这首诗真的很美。江老师朗诵时不站在讲台上，而是站在第一组和第二组中间的狭窄过道上，她左手拿着打开的课本，右手在空中缓缓比画，特别是念第三句"举头望明月"时，她那只手就徐徐升起，好像月亮就要被她用手掌托出来一样。我多么希望这首诗不是四句，而是四十句甚至四百句，那样我就可以继续看江老师又慢又迷人的手势了。我还发现，江老师也特别喜欢这首诗，她布置给我们的作业有好几次就是抄写这首诗，而且，那个学期的语文段考，她也在默写题目中，要我们把这首诗在试卷中默写出来。

从一年级到三年级，我们的老师都没有变过，我们喜欢江老师和不喜欢陶老师的感觉也没有变过。从这点来看，东方红小学也就没什么事情可出，但有一天我们去学校时，发现学校的篮球场操场上有了点变化。

在篮球场的三面，也就是在三面教室楼的前面，学校种了一圈梧桐树。那天我和猴子去学校时，发现在我们教室前面的两棵梧桐树上，横着牵出一面红绸子横幅，上面用大头针别着我们美术老师用白纸剪出的十六个仿宋字。

进校园的每个学生都看见了，还有不少人念了出来：

"热烈欢迎丁爱国同志来我校传经送宝。"

丁爱国是谁？

我问猴子，猴子不知道，他居然还反问我一句，我当然也不知道。

我们进了教室，第一节是江老师的课，在课堂上，江老师就为我们解开了谜题。她在带我们一起朗诵诗歌前就几乎有点激动地告诉我们，今天的第三节算术课不上了，全校师生都要在大操场集合，来听丁爱国给我们全校做报告。她说，丁爱国是刚刚被评为全市模范的青年标兵，希望我们在听报告时要严肃认真，谁也不许开小差。

听说可以不上算术课，我们就极为高兴，再听说那个被"热烈欢迎"的丁爱国居然是全市模范标兵后，我们不由得在心中涌出一股敬佩。什么是模范？江老师早就告诉过我们，模范就是把事情做得最好的，因此也是最值得我们学习的。我记得那天，我居然第一次在江老师的语文课上走神了，我不知不觉地就开始想象那个模范标兵丁爱国的样子，他一定是非常和蔼的，一定是非常喜欢微笑的，也一定是非常喜欢我们这些小学生的。

而且，丁爱国，这也是个多么好听的名字啊！我在还没见到丁爱国的时候，就已经喜欢上他了。

按课表连着上了两节语文课后，江老师就指挥我们将各自的板凳搬到操场上去。一听到命令，我就赶紧起身，将刚才坐着的板凳提起来，全班同学都提起各自的板凳，我们走出教室，只见每个班出来的学生手上都提着板凳。我们在楼梯间挤成一团，好在还不乱，因为我们方向一致。下楼后，教室前面的操场上都是手提板凳的学生了，从一年级到五年级，个个班不缺。

操场上，已经被体育老师画好了一格格三指宽的石灰线，注明哪个班在哪个画出的石灰格里，所以，整个篮球场虽然人满为患，但秩序还是井井有条。在江老师的带领下，我们很快就找到了格子前标有"三·乙"的粉笔记号，江老师迅速指挥我们坐下，那个脸紧绷绷的陶老师也在一旁给江老师提供帮助。我们看得出——实际上，我们也很习惯，陶老师虽然对我们脸紧绷绷的，对江老师可不是这样，特别在这个时候，他的帮助既必不可少，也有很明显的效果，毕竟我们都有点怕他，只要他手一指，刚才还转头和我说话的猴子就立刻不说话了。

利用这课间十分钟，全校师生都各就各位，我们班坐在稍微靠后的位置，前面是四年级和五年级的学生，每个班前面都站着他们的班主任。不知什么时候，我看见站在我们班最前面的只有陶老师了。江老师呢？我左右看了看，没看见，不知道江老师忽然去哪里了。

很快，操场上安静下来了。在我们面对的最前方，也就是那面横幅之下，已经摆好四张课桌拼成的长长讲台，讲台后面坐着学校领导，正中间是我们学校的校长。我们其实已经很安静了，校长还是首先对着话筒要我们安静，直到鸦雀无声后，校长才又清清嗓子，面带微笑，以平时很难听见的热情洋溢的声音说："老师们！同学们！咳！我们东方红小学今天请来了我们的全市模范丁爱国同志来给我们上课。丁爱国同志，咳！他是我们市里最普通的一名淘粪工人。但是，咳！就在这个平凡的岗位上，丁爱国同志做出了不平凡的业绩！……老师们！同学们！咳！我们谁也不要小看一位淘粪工人……所以……咳！不管在什么样的位置上，我们只要牢记为人民服务的宗旨，我们就一定能做出不平凡的业绩出来！在上个星期五的报纸上，我不知道同学们是不是看过，但我想我们的老师一定是看过了，咳！在头版头条，整版的篇幅就是在介绍我们的全市模范丁爱国同志！……咳！教育局也下发了通知，每个学校都要请丁爱国同志来传经送宝。我要告诉我校的全体师生，我们学校是丁爱国同志做报告的第一站！咳！这是多么难得的机会啊！现在，咳！我们就以最热烈的掌声欢迎丁爱国同志来给我们全校师生做精彩的报告！大家欢迎！"

校长话音一落，整个操场就响起一片经久不息的掌声。在掌声里，我们最前排坐着的一个陌生青年站了起来，他什么时候坐在那里的我不知道，毕竟我们学生人多，刚才有点杂乱。现在，那个陌生青年在我们最前面站起来，谁也不用介绍，我知道他一定是模范标兵丁爱国。

丁爱国一站起来，刚刚要熄灭的掌声又非常自觉地再次响遍操场。

虽然隔得有些远，我还是一边鼓掌，一边激动地看他。

丁爱国穿得异常朴素，一件浅蓝色的中山装，那衣服的颜色已经褪了不少，蓝色已经发白了，但很干净。丁爱国的脸像是晒多了太阳，显得十分黝黑，但他的眼睛明亮，眉毛也浓。他站起来后，我感到他有点不好意思，对着我们弯腰鞠躬，算是回答我们给他的掌声。然后，丁爱国转身就走向校长所在的讲台，因为他必须到那个话筒后面，但拼在一起的讲台挡住了他，校长旁边的教导主任赶紧将一张拼拢的讲台斜移，折出一条过道，丁爱国就穿过那条过道，几步走到校长身边，教导主任又赶紧将讲台还原。

校长在丁爱国过来时就已经起身了，他伸双手和丁爱国握了握，然后示意丁爱国坐在他身边的空位上。丁爱国坐下了，全校师生的眼睛都望着他，大约就是这个原因，我感到丁爱国有些拘束，但很快，他像想起了什么似的，从衣兜里掏出几张信纸，摆在自己面前，一张张抹平，然后像校长一样地清清嗓子，眼看着信纸，嘴对着话筒就说开了。

我不可能重复丁爱国说的每一句话，只记得他很紧张，说得时断时续，校长和教导主任分别坐在他旁边，听得非常认真，听得非常集中注意力，还时不时点点头，像是表示赞同丁爱国的话似的。在我们班级前面站着的陶老师也似乎听得认真，但他还是会冷不防扭头看我们一眼，像是背后长了眼睛，忽然就发现了某个同学的小动作。这时他就对做小动作的同学狠狠地瞪一眼，那个同学立刻坐直了，陶老师才又继续看向讲台后面的丁爱国。

丁爱国所讲的内容大致可以分为三点。第一点，他热爱他的本职工作。是的，他的工作是淘粪，很多人都不愿意干，但是他愿意，因为无论什么工作都得有人去干，如果没有淘粪工人，那这个城市会变成什么样子？所以，他非常清楚自己工作的重要性。第二点，在这份工作里，他可以帮助很多人。他举了很多例子，最突出的就是有人在蹲厕所时不慎将手表和皮带掉进了粪坑，这时候，只有淘粪工人可以给他提供最实在的帮助，就他个人而言，据不完全统计，他在三年的淘粪工作中，替人从粪坑里拣出了十六块手表和十八根皮带，当然了，他从粪坑里捡出的又何止手表和皮带？还有不少孩子们的玩具，甚至还有一些因为不慎而掉进粪坑的现金。第三点，他淘粪已经三年了，在这三年中，他有过最初的思想波动，因为有很多人看不起淘粪工人，甚至连他一些亲戚也不理解，一个年纪轻轻的人，为什么就不去做一些别的工作呢？但是，丁爱国说到这里提高了声音，他强调说，每天他拖着的粪车非常重，这样的事情难道要一个老年人去干吗？我们不要忘了，我们是生活在一个尊老爱幼的国家里。什么是尊老？最起码一点，就是不能让老年人去干这样的体力活，所以，对那些不理解他的人，他就耐心说服。现在，他不是有了收获吗？党和人民给了他极大的信任，给了他极大的荣誉，他得到的不只是奖状，还有一些很实在的奖品，譬如上星期，有关部门就奖励了他一台红灯牌收音机——说到这里时，全校学生都不约而同地惊叹了一声。丁爱国继续说下去，在这之前，他得到的奖品也非常多了，他已经下定决心，要把淘粪工作继续干下去。是的，刚才你们校长都说了，当淘粪工人和干其他工作其实是一样，都是在为人民服务，所以，他要继续为人民服务，做一名合格而又光荣的淘粪工人。

丁爱国的话讲完了，在校长和教导主任的起身带领下，全场再一次响起雷鸣般的掌声。

眼看掌声要停了，校长又及时拿过话筒，对我们继续热情洋溢地说了句："下面，我们请丁爱国同志接受东方红小学赠送的红领巾！大家欢迎！"在一片再次热烈的掌声中，校长以铿锵有力的音调补充，"请三乙班班主任江小雁老师给丁爱国同志系上红领巾！"

听到校长这句话，我不禁更加激动，原来江老师没站在我们班级前面，是有如此重要的任务。我真的很想站起来，就稍稍从板凳上抬起屁股。果然，只见江老师容光焕发地从横幅右边的梧桐树后走出来，在她手里，托着一条崭新的红领巾，她一边走，一边微笑着看着丁爱国。

丁爱国也站起来了，他的样子像比刚才说话时更加紧张，他的脸本来就黝黑，这时显得更黑了。

操场上的掌声本就没停，这时响得更加厉害。江老师就在掌声中走到丁爱国面前，丁爱国侧过身面对江老师，简直连话也不会说了，江老师倒是和平常一样，微笑着，将手中的红领巾系到丁爱国的脖子上，丁爱国的脖子像是有点僵硬。我记得我加入少先队时，也是江老师给我系的红领巾，但江老师给我系时，我是低着头的，丁爱国虽然也在低头，但低得不够，因为他本来就比江老师高一些，于是江老师就只能踮起脚跟给丁爱国系上，两人的脸挨得很近。江老师很快系完，然后在越来越响的掌声中回到了我们班级前面。

系着红领巾的丁爱国站在讲台后面，浑身像是被什么绑住了一样不自在，好像他脖子上围着的不是红领巾，而是一根将取人性命的麻绳。他的脸黑得像连环画里的张飞了，这倒是使他那双眼睛变得格外明亮起来。

看着江老师走过来，我不明白江老师的脸为什么有点发红，她将搭在胸前的辫子一下子甩到身后，这是她很少做的动作。陶老师看着江老师过来，脸色居然像是在看我们，紧绷绷的，然后又转过头，对班上的某个同学瞪起眼，严厉地指了指。

二

连续几天，我和猴子他们几个同学偶尔会讨论一下丁爱国，那是我第一次亲眼见到一个上了报纸的劳动模范标兵，所以我对丁爱国有种不自觉的喜欢，但猴子对丁爱国有点不屑一顾，"我的天！"他几乎像在惊叹，"等我长大了，死活都不会去淘粪！"

我虽然没有回答，但猴子的话让我心里也在隐隐觉得，如果我长大了，淘粪的事也肯定是不会去干的。因为厕所太脏了，我有时想象丁爱国说他帮人从粪坑里捡手表和皮带的样子，觉得那是我无论如何也不会去做的事。我还记得，当这个想法涌起来时，我有点害怕别人知道，甚至猴子我也不想让他知道。我暗自想，我和丁爱国的差距太大了，因为我没有一颗为人民服务的红心。这个念头要是被江老师知道了，不知道她会怎么看我，说不定她会狠狠地批评我，还有校长，那天他对丁爱国是多么的热情，那他一定觉得淘粪也是非常光荣的事。

那么我喜欢什么？

这个答案我早就有了，那就是像江老师一样去朗诵诗歌。"床前明月光"，这是多么迷人的诗歌啊。谁都喜欢明月，谁也不会喜欢粪坑。而且，自从我喜欢上这首诗后，我每天晚上会去看我的床前是不是有月光，但我从来没见到过，因为家里到晚上就开灯了。等我做完作业，然后出去和猴子他们玩了之后，再回家就是睡觉了。我睡觉时，妈妈是一定要给我关窗子的，即使外面有月光，也一定是不会到我床前来的。夏天不用关窗子睡觉，我也好像没见到过月光铺在地上。

　　说到睡觉，有件事就需要交代了，每天早上起来，我的第一件事就是上厕所。我们街上有一个公共厕所，街上的男女老少都在那个公共厕所拉屎拉尿。以前我从来没留神，整条街的人都在这里拉屎拉尿，怎么就没见那个粪坑被填满过？总是过不多久，那个粪坑里的屎尿就被清理了，虽然不可能被清理得一干二净，但毕竟它从来没有被填满过。听过丁爱国的报告后我知道了，我们这个厕所就是被丁爱国清理的啊，只是，我不会整天在厕所里，所以也从来没有在厕所里看见过丁爱国。我记得有时在街道上遇见拉粪车的人，那时我们就全部闪开，很怕被粪车撞上了，因此我们从来没去看那个拉粪车的人长什么样子。现在我们都知道了，如果再在正南街上遇见拉粪车的，那个人一定就是丁爱国了。

　　在丁爱国"传经送宝"后的第四天，我果然在街上就遇见丁爱国了。那天中午，我吃过饭后和猴子在街上抽陀螺玩，我们忽然看见一个人拉着粪车过来，我和猴子都赶紧闪到街边上去。不晓得是猴子本来就在注意，还是他发现我在注意那个拉粪车的人，所以他也就注意到了，当粪车从我们身边经过后，猴子说："小军你看见没？那个人是丁爱国。"

　　我"嗯"了一声。拉粪车的丁爱国没有穿中山装了，而是穿一身草绿色的外衣罩裤，那套衣裤很脏，像是溅有不少粪迹。我看见他拉车时头低得很低，不像那天江老师给他系红领巾时，好像总低不下来，但这时他低头了，低得特别低，好像不低头就使不上劲一样。他说过，他拉的粪车非常重，拉的东西越重，就越需要低头，我们在学校集体劳动时就体会过了。

　　意外的是，也就是这几眼，我突然发现，我不那么喜欢丁爱国了，不管他是不是模范，他身上实在是太脏了。

我没有想到的是，当天下午，我居然又看见了他。

因为作业没做好，我被江老师留校，所以，当江老师终于放我回家的时候，我差不多是最后一个离校的学生了。我一出校门，就看见学校门外的树下站着一个人，我已经快走过去了，但觉得刚才无意间瞟过那一眼时，觉得是看见了认识的人，我于是回头去看。结果我愣了一下，这个人不是丁爱国吗？只是现在，他穿的不是中午拉粪车时的那套衣裤，而是换成那天在我们学校做报告时穿的浅蓝色中山装了。

我真是觉得奇怪，他站在我们学校外面干什么？

我忽然就很想知道丁爱国站在这里的目的，于是我赶紧躲在紧靠校门的墙角后面，偷偷去看他。

忽然看见他笑了起来，人就往学校大门里面走似的，同时我就听见他说："江老师！"

果然是江老师也从学校里出来了。

江老师的声音像是有点意外："你是……"

丁爱国赶紧提醒说："江老师，我是丁爱国，前几天在你们学校做过报告的。你还记得吗？"

"哦，"显然，江老师想起来了，我听见她说，"你怎么在这里？"

"我……"丁爱国像是猝不及防，还是回答说，"我，我刚刚下班，正好路过这里。江老师……真是……巧啊。"

我又愣了一愣，因为他在对江老师撒谎嘛，我明明看见他一直等在学校外面的，难道他是在等江老师？他等江老师干什么？

"哦哦，"江老师一连"哦"了两声，又说，"那是巧。我还要赶紧回家批改作业，不打扰你了，再见啊。"

"江老师……"丁爱国又说话了，声音有点犹豫。

"怎么？"江老师收住脚步问。

"啊，我……没什么，没什么，江老师……再见。"丁爱国说。

然后我看见江老师过去了，我再偷偷瞄一眼，只见丁爱国在看江老师的背影。我缩回头，赶紧走开了。

回家做完作业后，我就急不可待地去找猴子。

"猴子，"我一见面就说，"我今天看见丁爱国到我们学校了。"

猴子也觉得意外，就问我，他去学校干什么。我就把我看见和听见的都原原本本地告诉了他。猴子忽然狡黠地说："我知道了！那个丁爱国喜欢上江老师了！"

我一蒙，马上就觉得很像。

我想了一下，问道："那你说，江老师喜不喜欢丁爱国？"

"这个我怎么知道？"猴子说，"我们留点神，其实你发现没？陶老师也喜欢江老师。"

我头一摇，说："我没发现。我不喜欢陶老师。"

"那你喜欢丁爱国？"猴子接着问。

"我……"我很犹豫，不禁把陶老师和丁爱国比较了一下，然后说，"也不喜欢。"

猴子忽然问我了："小军，你觉得江老师喜欢丁爱国吗？"

我说："那我怎么知道？"

"我们都不知道，"猴子说，"说不定丁爱国明天还会来找江老师，我们躲起来看看就知道了。"

第二天放学后，我和猴子一起出校门，果然，丁爱国还是站在学校门口，和昨天不同的是，他手里多了个包裹。从外面包着的那块蓝布来看，里面是一个四四方方的长东西，不知道是什么。

　　我和猴子又躲到墙角，想看看丁爱国是不是真的在等江老师。

　　等学生差不多都离校了，江老师也出来了，不过，江老师是和我们女音乐老师一起出来的。丁爱国显然没想到，不过江老师和音乐老师都看见丁爱国了，大概是他们的目光撞到了一起，丁爱国还是走上两步，说道："江老师！"他又看看音乐老师，神情有点忸怩地说道："老师你好！"

　　音乐老师看看丁爱国，笑了一下，又对江老师一笑，说："江老师，有人在等你啊，那我就先走了。"

　　"哎哎！"江老师赶紧对音乐老师说，"别走，他不是等我。"

　　音乐老师转头对江老师很诡秘地笑道："我要赶紧回家给小孩做饭呢，江老师你们聊。"说完，音乐老师不等江老师再说什么，就转身走了。

　　我们看得出，江老师非常不想音乐老师离开，但音乐老师走得太快，江老师被一种尴尬钳在了原地。

　　丁爱国赶紧走到江老师面前，这次，他比昨天好像胆大了些，将手中那个蓝布包裹向江老师递过去，说："江老师，我送你的。"

　　江老师有点意外，赶紧抬头，但不是去接，而是想挡开，她说："这是什么？"

　　"是奖给我的收音机，"丁爱国又补充一句，"是红灯牌的，你喜欢吗？"

　　江老师似乎退了一步，说："我不要，我也用不着。"

　　"江老师，"丁爱国有点固执，想把收音机塞到江老师手上，说，"收音机很好的，你中午可以听刘兰芳的评书……呃，你喜欢听刘兰芳的评书吗？"

　　江老师脸色有点沉了，说："我不听评书，这个东西我不能要，你带回去吧,还有,以后你不要在学校门口等我了。再见。"说完,江老师就很急地从丁爱国身边走过去。丁爱国想挽留,但手里拿了收音机,几乎有点手忙脚乱,他追上几步,又说:"江老师,你拿着吧。"

江老师脚步不停,挥手说:"我不要。"

当天晚上,我和猴子就我们看到的聊了很久。我们的看法非常一致,那就是丁爱国肯定是喜欢江老师的,但江老师不喜欢丁爱国。但我们觉得奇怪的是,丁爱国那个红灯牌收音机可是非常高级的啊,很多人都买不起,现在丁爱国想送给江老师,江老师怎么就不要呢?而且,江老师说她不喜欢听评书,我们觉得江老师在撒谎,因为除了诗歌,江老师还是很喜欢看书的,她喜欢看书,也一定会喜欢听评书。而且,我还忽然想起,有次我在江老师办公室接受作业批改时,旁边有几个老师说起中午十二点的评书时,江老师还忽然对他们感叹过一句,说要是她有台收音机就好了,刘兰芳的《岳飞传》她只在同事家偶尔听过那么两三次,真是精彩,但是她没有收音机,所以她还在攒钱,想到春节时给自己买一台。但现在有人要送给她,她居然不要,真是怪了。

不管怎么样,我们对丁爱国和江老师的故事特别有兴趣,我们决定要看到这件事的水落石出。当然了,那个丁爱国我们真的谈不上喜欢,即使他是全市的模范,因为我们都隐隐约约地感到,江老师会找到一个比丁爱国更好的。

那个更好的会是谁呢?第二天我们就得到了答案。

和我们预料的一样,丁爱国还是在我们放学时就已在学校外面等候。丁爱国的等候其实不只是我和猴子的预料,我们感觉,那也是江老师的预料。对江老师来说，这个预料的后果让她感到心烦。我之所以能这么说，是因为这天上语文课时，江老师又在教我们一首李白的诗歌，这次，江老师没有在第一组和第二组的过道里给我们朗诵，而是站在讲台上随意地给我们读。我还记得，那首诗是《独坐敬亭山》，如果是以往，我可以肯定，江老师会带领我们朗诵得声情并茂，但那天她明显有点心不在焉：

众鸟高飞尽，孤云独去闲。

相看两不厌，唯有敬亭山。

江老师在读到"相看两不厌"时，表情却像是有点厌倦，我们不知道她在读诗时想到了什么，总之她像是很不喜欢这首诗。

放学后，我和猴子飞快地跑到墙角，丁爱国当然在校门外面。

江老师出来了，丁爱国满脸笑容地迎上去。

江老师有点不耐烦了，丁爱国刚叫一句"江老师"，江老师就说："你怎么又在这里？我昨天不是说了吗？不要在学校门外等我。"

"但是……"丁爱国的脸一下子变得更黑了，他喏喏嗫嗫地说，"江老师，我……我晚上请你看电影好吗？"他看着江老师，补充说，"我……我已经买了两张电影票。"

"谢谢！"江老师说这两个字的口气压根不像真的在谢谢，她说，"我男朋友已经约了我。"

"你有男朋友了？"丁爱国像是一下子受到了致命一击，他的黑脸居然变白了，然后他又说，"不，你说谎，我已经打听过了，你还没有男朋友。"

江老师的脸色忽然很不好看，说："你打听了？喂，你什么意思？你去打听我？我有没有男朋友难道要向全世界宣布？"

"那……"丁爱国忽然就问，"你男朋友是谁？"

"咦？"江老师说，"我男朋友是谁要告诉你吗？你是我什么人？"

江老师刚刚说到这里，陶老师又正巧从学校里出来，他一眼就看见江老师和丁爱国站在一起，脸顿时绷紧了。但我们都没想到，江老师忽然做了个意外的举动，她一步就走到陶老师身边，伸手将陶老师胳膊挽住，对丁爱国说："他就是我男朋友。你看见了吧？以后不要来这里了。"

江老师的主动让我们惊诧万分，也至少让陶老师不知所措了一秒，但陶老师立刻就挺起了胸脯，他对丁爱国恶狠狠地说："你在这里干什么？你以为你评了全市模范，就可以随意来扰乱学校秩序吗？我警告你，别在这里捣乱！"

丁爱国的脸色又由白变黑了。

他蠕动一下嘴巴，低着头说："那好吧……江老师，再见。"

说完，他背过身走了，只是他走得很慢。我看着他的背影，不知为什么突然感到一点难受。当然，令我诧异万分的是，怎么陶老师是江老师的男朋友？我有点不敢相信，那个陶老师多么可恶，江老师又多么漂亮，但我亲眼看见，也亲耳听见了，江老师说陶老师是她男朋友，还主动挽住了陶老师的手臂，陶老师义正词严地驱走了丁爱国，而且，江老师挽住陶老师手臂的动作好像也大出陶老师的意外，我和猴子从来没见陶老师那样受宠若惊地笑过。他对江老师说："江老师，我送你回去。"

江老师这时将手臂从陶老师臂弯抽出，她忽然像是有点不好意思，脸发红了，声音很轻地说道："不用了，真的，我就住这附近。

陶老师，我先走了啊。"说完，她不等陶老师再说别的，就赶紧从陶老师身边走开了。

我一直记得陶老师那天目送江老师离开时的样子，他一直看到江老师转过弯，才慢慢地走上另一条路，而且，他脸上带着微笑，我好像还是第一次看见陶老师笑。因为他走的方向正好是我和猴子藏着的地方，所以我和猴子不等陶老师转弯，就赶紧跑了。

三

江老师的男朋友问题水落石出了，但我还是觉得奇怪，江老师怎么会愿意做陶老师的女朋友呢？因为我实在是不喜欢陶老师，如果她选丁爱国做男朋友呢？我也觉得我不愿意接受。只是，江老师毕竟是大人，陶老师和丁爱国也是大人，大人之间的事我是不明白的，再说了，我也只是在学校里看见江老师，江老师的其他情况我肯定是不知道的，那些情况我也没什么兴趣。

我没想到，猴子对江老师的其他情况很感兴趣。猴子本来就不喜欢读书，最喜欢做的事情就是打架。每天放学，我回家都是先做作业，然后再去找猴子他们玩，但猴子是不做作业的，他每天的作业都是第二天早上到学校抄我的，我也习惯了猴子抄我的作业，所以我们作业的对错总是一样，就因为这个，有一天陶老师把我和猴子叫到了办公室。

陶老师和江老师是同一个办公室，办公室还有其他三个老师，都是其他班上的语文和算术老师。陶老师要我们说清楚作业的情况，我们都不说话，猴子一脸无所谓地看着办公室窗外，我还是有点紧张，甚至不敢去看陶老师，他生气时显得特别可怕。陶老师对我们的态度非常不满，就把教鞭拿到手上，往桌子上敲了敲，他要猴子先回答，但猴子不作声，陶老师又要我回答，我看了猴子一眼，也不敢作声。

江老师的办公桌是在另外一边，我们进去时就看见江老师的后背。我记得非常奇怪的一点是，平时发生这样的情况，江老师也会过来询问，但那天不是，我们进去后，江老师始终背对着我们，好像这个情况让陶老师一个人处理就够了。

想不到的是，陶老师见我们都不说话，就忽然说："江老师，你看看这三乙班的学生，是什么样子！"

江老师这时才转身，她先冷冷地看了陶老师一眼，然后说："陶老师，对待孩子们，老师的态度还是要好一点。"

陶老师似乎没想到江老师会这么说，脸上不由得一沉，说："那你是不是说，我对他们的态度不好？我是不是不能批评他们的错误？抄作业，这可是很严重的事情！"

江老师没回答，要我和猴子过去。

于是我和猴子就站到江老师旁边，江老师果然和陶老师不同，说话声很慢，她说她也注意到了，我和猴子的作业对错总是一模一样，是不是哪个抄了哪个的？见我们还是不回答，江老师就开始说你们父母把你们送到学校读书，是希望你们好好念书，不是来打发日子的，而且，一个人小时候就要树立正确的读书观念，以后才能对社会有所贡献，等我们对社会的贡献大了，说不定就会成为模范标兵了，等等。江老师说到这里时，我们都听见了，陶老师在他办公桌那边发出了一声冷笑，办公室其他三个老师都像没听见，江老师也好像没听见，继续完成对我们的劝说。

事后，猴子对我说，当他听到陶老师的冷笑，就觉得江老师还是不喜欢陶老师。我觉得纳闷，怎么听到陶老师冷笑，就能说江老师不喜欢陶老师吗？那么江老师喜欢谁？猴子说他觉得江老师喜欢丁爱国，因为她不是在鼓励我们成为模范嘛。丁爱国是模范，成为模范，也就是成为丁爱国那样的人。

不过，猴子的话让我忽然想到，自那天江老师说陶老师是她男朋友后，丁爱国果然就没到学校门外来了。我们还是能偶然在街上见到他，每次见到他，他总是那个低头拖粪车的样子，穿的也始终是绿衣、绿裤和解放鞋。虽然丁爱国很脏，但我们学校的宣传栏里，还是贴有丁爱国那天做报告时的照片，在照片上方，还有美术老师写的"开展向模范标兵丁爱国同志学习"的字样。有时候，我们还能听到丁爱国又到其他什么学校做报告的消息，总的来说，丁爱国一边淘粪，一边到很多学校做报告，因为他是模范标兵，所以得去做报告，但因为粪池每天都在上涨，所以他还是不能因此放弃他的本职工作。

另外一个说法倒是在我们学校传开了，那就是江老师是陶老师的女朋友。

说法是从谁那里传出来的我们都不知道，只是，当我听到这个消息时，倒是不觉得意外，因为我亲眼看见，也亲耳听见，江老师说陶老师是她的男朋友。既然江老师自己都这么说了，那这个说法一定就是准确的。另外，我们学校对江老师有男朋友之事乐于宣传，是因为江老师是我们学校最小的老师，是最受学生欢迎的老师，也是最漂亮的老师，还有更突出的，就是她还是老师中最喜欢读书的。所有这一切，都使江老师身上像是有一层特别不一样的光环，这层光环使她在学校所有老师中显得鹤立鸡群。但江老师自己好像没看见这层大家都看见了的光环，她总是一个样子，两条辫子一前一后地搭着，手里总是同时拿着几本书，里面有课本，也有其他的书籍。反正，江老师的所有样子都令人喜欢，所以，谁会成为江老师的男朋友，一直就是学校的话题，即使它不是我们这些学生的话题，也是其他老师的话题。很多年后我才慢慢有所体会，在那些时候，对学校的女老师来说，江老师是她们嫉妒的对象，对好几个男老师来说，则是他们暗中垂涎的对象——有哪个男人看见江老师会不喜欢呢？只是，江老师温文尔雅的态度化解了不少对她的嫉妒，至于那些垂涎，江老师也有办法对付。

　　她住的地方离学校不远，但不在我们这条街上，除了上课，她一般都深居简出，据好多人说，江老师家里的灯光总是很晚才熄，因为她在认真读书。她读书的目的倒是令我们暗生失望，因为还有一个隐隐约约的传闻，说是江老师从师范毕业分到我们学校后，还是想继续深造，为了考上大学，她每天都在勤奋地读书。

　　难道江老师不喜欢教书吗？这个问题我们从来就没有答案。只是听说江老师有离开学校的打算后，我的确有点点失落，因为我喜欢江老师，我希望在我的小学里，一直是江老师教我们语文，教我们去读更多的诗歌，因为那些诗歌只有江老师朗诵，我们才能体会到那些诗歌的美丽。

　　陶老师是江老师男朋友的传闻出现之后，我们都很明显地发现，陶老师上课时的态度有所好转，不再是一直紧绷着脸的样子。江老师上课时的态度同样有所变化，就是她不再像从前那样全神贯注了，至少在朗读诗歌时，再也没有一边读一边做手势的样子。我特别记得，那时候快放暑假了，期末考试临近，江老师在给我们上总复习课时，又一次带领我们朗诵李白的《静夜思》，读到"举头望明月"

时，江老师原来的那个手势不见了。事实上，她朗诵诗歌时的情绪从根本上就异于从前，只是我说不出现在究竟是一个什么样子。我有种感觉，她像是不喜欢李白和他的诗歌了。

原因不晓得是不是后面我看见的事。

因为天热，我和猴子开始喜欢去河里游泳了。那天我们约好，晚饭后去河里游泳。

我们到河边时，河里的人已经不少，天还将黑未黑，我们都看得清彼此，等我们游累了，上来休息时，我看见了一个意外的场景。那就是河边的一条石凳子上，居然坐着江老师和陶老师，我赶紧示意猴子，猴子也发现了。"他们在谈爱！"猴子说。"谈爱"一事，对我们都有非常大的刺激，不仅在我们这里，在任何地方估计也是一样，河边是"谈爱"最好的地方。我们以前就经常在河边看见坐在一起谈爱的男女，但今天看见的居然是江老师和陶老师，可就不一样了，我们立刻偷偷绕到那条石凳子右边的树后，想听听他们是怎样谈爱的。

不料，我们听见的居然是如下谈话。

"陶老师，"江老师说，"你不要来找我了，你知道，那天我是没有办法。"

"什么叫没有办法？"陶老师说，"你知道我一直就很喜欢你，你这不是伤害我的感情吗？"

江老师回答说："陶老师，对不起，我不想伤害任何人的感情，但你知道，那个丁爱国每天到学校来纠缠，我实在是没办法摆脱。"

"所以，"陶老师的口气冷冷的，"你就把我做挡箭牌？但你知不知道，现在全校都知道我是你男朋友，你现在不承认，要我怎么在学校里做人？"

"陶老师，"江老师的口语始终是温和的，"学校怎么有人会到处说你是我男朋友的？这个你知道得最清楚。你知不知道？你这么到处说，不好做人的是我，不是你。"

"怪了！"陶老师否认说，"我没有到处说你是我女朋友，但说我是你男朋友的人不恰恰就是你吗？你挽住我的胳膊，说我是你男朋友，难道你是在演戏？"

"我不说了吗？"江老师说，"我是为了摆脱丁爱国才不得不这么做，如果你觉得我伤害到你了，我向你道歉，但你没资格在学校到处说我是你女朋友。"

"但是，"陶老师的口气又软了下去，他继续说下去时连称呼也改了，"小雁，我是真心喜欢你的，你是不是觉得我配你不上？"陶老师一边说，就一边伸手过去，企图去握江老师的手。

江老师不让陶老师握，立刻站了起来，说："陶老师，男女之间，要彼此都喜欢才行。你这样做，只会让我对你印象不好。"

"这么说，"陶老师的口语又冷了下去，"你对我印象一直不好？你坐下来，我不碰你。"

江老师犹豫一下，坐下了，把双手交叉抱在怀里，说："我现在不想找男朋友。"

"不想？"陶老师忽然冷笑一声，说道，"我知道，你其实是喜欢那个丁爱国的，对不对？"

"陶老师你不要胡说。"

"我胡说？"陶老师有点激动了，"那天你不是还劝告小军他们以后当模范吗？"

"那根本就是两回事！"江老师的口气也像是有点不耐烦了。

"好，"陶老师说，又很奇怪地把称呼改了回来，"江老师，你再说一次，不愿做我的女朋友。"

"不是不愿的问题，"江老师说，"是我从来就没想过要做你的女朋友。"

陶老师咬住嘴唇，过了一会，又狠声说道："我知道，其实说来说去，你喜欢的还是那个淘粪的！"

"陶老师，"江老师的口吻不悦，"说话还是不要这么难听。"

"难听？"陶老师说，"难道他不是个淘粪的？我难道说错了？"

没等江老师回答，陶老师又立刻补充："你是喜欢他，对吧？"

"还是不说下去了吧，"江老师终于不耐烦了，说，"反正我已经跟你说明白了，希望你以后不要到我家里来找我，而且，你也不要再到处说我是你女朋友之类的话。这只会让我更加反感你。我走了。"说完，江老师就起身了，转身便走。

陶老师见江老师要走，立刻站起来，反手捏住江老师的胳膊，说："江老师！你不想再考虑吗？我是真的喜欢你。"

"我已经跟你说明白了。"江老师说，"你松开。"

"你不喜欢我，居然会喜欢一个淘粪的！"陶老师的声音有点咬牙切齿了。

天色在黑下去。

江老师用力去甩陶老师的手，但没甩开。

"你一定要这样是吧？"江老师说，"你到处胡说八道，已经影响到我的教学了。你到底想怎么样？松开！"

陶老师迟疑一下，还是没松，从他的动作来看，不仅没松，反而抓得更紧了。

"小雁，"他的话已经有点乱了，所以称呼又变了，"我就不明白，你为什么会喜欢一个淘粪的？"

"你松开！"听得出江老师已经有点发火了，我们从来没见过江老师发火，"不松是吧？那我告诉你，我就是喜欢他！我不喜欢你！"

"他比我好在哪里？"陶老师的声音几乎气急败坏，"每天掏着粪池，从头到脚都脏得令人看都不想多看一眼，那样的人你也愿意要？"

"我愿意！"江老师说，"你松开！"

"我哪点比不上他？"陶老师的声音有点绝望，像从一个爬不出的粪坑里传上来。

"你哪点都比不上！"江老师的声音也提高了，"他比你诚恳，比你踏实，也比你懂得尊重人。够了吧？你松开！……你再不松开我要叫人了！"

听到江老师要叫人的威胁，陶老师总算是把手松开了。

"那天你为什么要对他说我是你男朋友？"陶老师似乎很想知道这个问题的答案，不肯罢休地又问一句。

"我不想和你说了。"江老师说完，转身就走。

这次，陶老师没再伸手去拉江老师的胳膊，他站在石凳子边，右手握拳，往左掌心狠狠地捶了一下。

天色终于黑了下去。

原来江老师喜欢丁爱国！

我和猴子听到这个秘密，都几乎不敢相信，但这句话是江老师亲口说出的。我和猴子都亲眼看见，也亲耳听见了。

那晚，我和猴子一直被这个消息刺激着。

第二天，事情的后果我和猴子都有了体会。

　　江老师来给我们上课时，情绪不再像前几天那么心不在焉了，她像在恢复，但毕竟是在恢复期，因此不能说她立刻就变得和从前一模一样，只不过，江老师在朗诵诗歌时，已经有了变化，她像是终于又喜欢上了诗歌似的，从"床前明月光"开始，江老师的声音明显是在朗诵而不是在干巴巴地读。

　　至于陶老师，他上课时候也有了变化，那就是变得比从前更加严厉了。那天算术课上，当他发现猴子在习惯性地做小动作时，陶老师的教鞭像闪电一样，又快又准地落在了猴子的头上。那声"啪"响有点像过年时放的鞭炮，猴子被激怒了，对一个以打架为主要喜好的小男生来说，是未必会把老师放在眼里的。以前，陶老师喜欢批评猴子，那也只限于口头上的语气严厉，现在居然敢动手了，猴子也马上不客气，反手就夺下陶老师的教鞭，厉声说："你敢打我？"陶老师也被猴子的举动激怒了，只见他飞快地从猴子手里又夺回教鞭，对着猴子又是一鞭，说："看你这个没出息的！"

　　猴子有了准备，挥臂挡开落下的教鞭，说道："你才没出息！追江老师都追不到！"

　　不敢揣测，这句话对全班同学产生了什么样的效果，我听了却感到惊骇。猴子的胆子也太大了吧？这么秘密的事他居然在全班同学面前说了出来。果然，陶老师的脸色阴晴不定地闪烁，看得出，这句话在他心里产生的打击相当严重，他手里的教鞭一抖，似乎又想抽猴子一下，但猴子已经说话了："你敢再打我，信不信我爸爸去教育局告你？"

　　学生威胁老师，这是我第一次听见，但它产生了效果，只见陶老师像是要狂怒，但却是硬生生地忍住了什么，他将教鞭在猴子桌上一敲，对猴子厉声说："你出去！到我办公室去！今天留校。"他又侧头看着我，说，"你放学后去通知他家长，来学校领人！"

说完这几句，陶老师怒气不息地走回讲台，猴子倒是冷笑一下，起身从座位上站起，出教室去了。

当晚，猴子的爸爸将猴子从学校领回，一回来，猴子就来找我了，他对陶老师怒气冲冲。

"小军，"猴子说，"要不我们把陶老师追不到江老师的事到学校里到处讲？"

我没想到猴子会提出这样的建议，就说："你今天不是在班上讲了吗？"

"那不算，"猴子说，"我要到老师们那里去讲，我们是亲眼看见的。居然敢打我，我要他好看！"

我赶紧劝猴子。我劝他，倒不是因为我有多么识大体，而是我隐隐觉得，这件事若是传开，江老师会不会喜欢？我感觉江老师是不喜欢的。

但除了功课，在其他事上，猴子向来是不会采纳我的意见的，因此事情果真就像猴子决定的那样，在体育课上，猴子对体育老师说："你晓得不？陶老师追江老师没追上。"体育老师愣了，扬手在猴子头上敲了一下，说："小屁孩懂得什么！"

体育老师不信吗？猴子绝不放弃，在美术课上跟美术老师说，上音乐课时又跟音乐老师说。"陶老师追江老师没追上。"我都有点听不下去了。我总觉得，那些大人的事，跟我们这些学生是没关系的，但猴子却不这样认为，在他看来，陶老师居然敢在全班同学面前用教鞭抽他，那简直是非报不可的一箭之仇。

江老师对陶老师的拒绝很快就在全校传开了。至于是不是因为猴子的话而让全校师生知道了江老师和陶老师的故事，不好确定，因为陶老师好像没有把这笔账记在猴子身上。只是陶老师上课时的态度变得越来越恶劣了，动不动就用教鞭打学生，不过他没再打过猴子，大概他也觉得，猴子这号喜欢称王称霸的人还是不惹为妙。

但另外的人，陶老师却主动去惹了。

四

那天中午，我和猴子又在街上抽陀螺玩。猴子一鞭抽过去，那只在地上飞快旋转的陀螺立刻腾空而起，我和猴子都抬头去看，只见陀螺飞去的地方，恰好丁爱国拖着粪车从那边过来。

眼看一个陀螺对自己飞来，丁爱国赶紧拉着粪车一转，陀螺没砸中他，砸中了粪车。

我有种闯了祸的感觉，赶紧对丁爱国笑笑。

我以为丁爱国会发火，不料，丁爱国倒是对我们笑了笑，继续走，说句："小心点啊。"

猴子赶紧跑过去捡陀螺，我就原地站着。我看着丁爱国，想知道他是不是认识我，但看得出，他不认识我。在我们见面的场合，他是众星捧月的模范，我只是一个人堆里的小学生。只见丁爱国径自拖着粪车到了公共厕所门口，他停下车，先取下粪车上面那根一米多长的粪勺，靠墙放好，再把粪车盖板打开，又弯腰将厕所外面的化粪池盖板揭开，然后拿过粪勺，将粪池内的粪便舀出，一勺勺倒进粪车。

这个场景并不常见，即使它是丁爱国每天的工作。因为丁爱国何时清理何地的粪池并不像我们上课那样按时守刻。

我感觉有些日子没遇见过丁爱国了，就忍不住向他多看几眼，尤其是，江老师说她就是喜欢丁爱国。这样看的话，丁爱国也就是江老师的男朋友了，但这个男朋友却真的像陶老师说的那样，"从头到脚都脏得令人看都不想多看一眼"。我的确不想多看他几眼。

猴子把陀螺捡了回来，我们又继续玩起来。

谁也没看见陶老师是什么时候过来的。

我一鞭子将陀螺抽到厕所附近后，才惊讶地看见陶老师居然站在丁爱国身边。

陶老师脸上有点惊慌，我听见他对丁爱国说："这位师傅，真是不好意思啊，我刚才蹲厕所，居然不小心将手表掉粪坑了，你能不能帮我捡出来？"

我闻言一愣，怎么陶老师刚才蹲这里的厕所了吗？

丁爱国闻言停下粪勺，说道："好，你刚才是蹲第几个坑？我这就去。"

丁爱国说完就将粪勺往粪车上一搁，进厕所了。

这时陶老师看见我了，他脸上刚刚浮起的得意神色立刻变了，满脸严肃起来，对我手一挥，说："一边玩去！"

我看见老师总是有点紧张，赶紧拾起陀螺跑开了。

走到猴子身边时，猴子也已经看见陶老师了。猴子对陶老师非常不屑，冷冷地横了他一眼，也不叫他，就和我继续玩起来。

我们将陀螺抽远了，我才告诉猴子，我说陶老师的手表掉粪坑了，他要丁爱国去给他捡出来。

猴子又是一鞭将陀螺抽远，说："我要是丁爱国，就不给陶老师捡！"

我那时倒是在想，不知道陶老师和丁爱国说话的时候，丁爱国是不是认出了陶老师，毕竟，他最后一次在校门口见到江老师后，是陶老师对他出言不逊把他赶走的。

我们继续玩，但很快，厕所那边出现了争吵，我和猴子都被吸引了过去。

我们过去时，厕所那边已经有四五个人了。可以料想，如果争吵地不是在厕所和一辆粪车旁边，围过来的人会多得多。

我们过去时就听见陶老师对丁爱国说："没有？怎么会没有？我好好的一块梅花牌手表掉了下去，怎么你没有看见吗？是不是你不想还给我？想私吞了？"

丁爱国被陶老师几句话噎住了。

"没有，"丁爱国脸色涨得更黑，但还是说话了，"我怎么会要你的手表？那是你的东西，不是我的。别人的东西我怎么会要？"

"你怎么就不会要？"陶老师冷笑说，"你知道梅花牌手表要多少钱一块？"

"我不知道。"丁爱国居然这样回答。

"我告诉你！"陶老师说，"你拖一年的粪也买不起一块！怎么？现在见有人掉表在粪坑了，你就偷偷藏起来？你还是模范吗？"

"可是我真的没有藏你的表。我翻遍了，我都是用手去翻的，但确实没看见你掉下去的手表。"

"我看你还是自己交出来的好！"陶老师冷冷地说道，"不要等警察来搜查你！"

"我真的没看见，"丁爱国一边说，他一边将手上的粪便往衣服上抹抹，"我到你蹲的那个坑里翻遍了，真的没有，你是不是记错了你的坑位？"

"我刚才蹲的是左边过去的第二个。"陶老师说。

"第二个？"丁爱国脸色一愣，说，"但你开始告诉我是第三个。"

"那是你听错了，"陶老师说，"我刚才蹲的是第二个。"

"那……"丁爱国说，"我再去找找。"

说完，丁爱国又进去了。

这时旁边的人开始议论了，有人说："咦？这个人不是报纸上登过的模范标兵吗？果然是好人啊。"

有人说："他人可真脏，我都受不了了。"

我这才注意到，所有的人，包括陶老师在内，全都捏住了鼻子。

那辆粪车没盖，的确臭气熏天。

丁爱国重新进厕所后，其他人就走开了，陶老师还站在那里，他看见我和猴子，又是手一挥，说："你们在这干什么？一边玩去！"

猴子对陶老师非常不屑，说道："我们在这里玩，关你什么事！"

陶老师被猴子激怒了，对猴子扬起手。

"你敢！"猴子说，"信不信我抽你？"猴子把抽陀螺的鞭子举了起来。

陶老师把手放下去了，说："你等着！"

猴子冷笑道："我就等着。"

我觉得猴子还是不该和老师吵嘴，就拉着猴子走开了。

但我们没走多远，没过一会儿，便看见丁爱国出来了，他浑身都是粪便，但这次还是没找到手表。

"我的手表明明掉在那里，你说没找到？"陶老师已经口气不善了。

因为丁爱国实在太臭了，陶老师捏住鼻子退了几步。

"我真的没找到。"

"好！"陶老师说，"我今天不和你争了，你会交出来的。"

丁爱国刚想回答，忽然像是发现了什么，说道："你……你是江老师的男朋友？"

"你还记得就好！"陶老师说，"我要到你们单位告发你，捡了别人的手表，居然私自藏起来。你知道我不能搜你的身，是吧？我也不想搜，看你这脏样子，真是恶心！"

说完，陶老师忽然就转身走了。

"喂！"丁爱国在他后面叫道，"我没有藏你的手表，那粪坑里根本就没有手表！"

但陶老师不理他了，很快就转弯不见了。

丁爱国还在发怔，猴子忽然远远地对丁爱国说道："模范！我告诉你，他不是江老师男朋友，江老师说她的男朋友是你！我亲耳听见的！小军可以做证。对不对小军？"

我们都没想到，这句话让丁爱国浑身一震，他转头看着我们，口吃着说："你们，你们说什么？"

大概是觉得丁爱国身上太脏，猴子没走过去，所以说话像喊："江老师亲口说的，说她的男朋友是你！"

丁爱国像块桩子一样被钉在了原地。

猴子继续喊："江老师说你诚恳、踏实，还……"他语塞了，转头问我，"还有什么？"

我来不及回答，猴子已经想了起来，于是他继续对丁爱国大声喊道："江老师说你懂得尊重人！所以，江老师说你才是她男朋友。江老师根本就不喜欢陶老师！"

丁爱国眼睛瞪得很大，一动不动地看着我们。

"还有，"猴子不无得意地说，"江老师是喜欢听刘兰芳的评书的。"

五

事情终于急转直下，也造成了它的最终结局。

丁爱国又鬼使神差地出现在我们学校门口。当然，他出现时又穿着那套中山装，他在学校门口又一次等到了江老师，但这次江老师对他没有客气。我记得，那天正好是期末考试结束，没作业要急着回家做，我和猴子几个同学留在学校打篮球，不少女同学在围看，我们忽然发现学校门口出现了异常情况，于是我们抓着篮球就往学校门口跑。

只见丁爱国居然又拿着那个蓝布包，我和猴子心照不宣地对看一眼，知道包着的肯定是那个红灯牌收音机。他想送给江老师，但江老师拒绝得非常坚决。我走过去时，听到江老师说："你这人怎么回事？我说过不要了。"

"但是……"丁爱国见围上来不少学生，说话变得吞吞吐吐，脸也涨得更黑，"我知道你喜欢的，我知道的。"

"我不喜欢！"江老师有点发怒了，"谁告诉你我喜欢？全是瞎讲！"

"是……是你学生讲的，"丁爱国用眼睛来找我们，猴子及时躲在一个同学身后，丁爱国的眼睛又看向江老师了，"你既然喜欢听，就拿着吧。"

"我说了我不要！"江老师已经真的发怒了，说道，"以后别让我看见你！我不想看见你！"说完，江老师推开身边的学生想走。

没料到，江老师还没有突围，陶老师就分开学生走了过来。他一走来，就咬牙说道："好呀！你捡了我的手表不还，还想到这里来勾引女老师？我告诉你！我已经给你们上级部门打过电话了，你会受到审查的！"

看见陶老师，丁爱国就忍不住说："我捡了你的手表？你不要乱说！"

"这是什么？"陶老师一眼看见丁爱国手里的蓝布包，一把就抢了过去，飞快地打开，里面果然是一台红灯牌收音机。

"你！"陶老师像是怒不可遏，喝道："你好大的胆子！居然敢用这些东西来贿赂学校的老师！不！不是贿赂，是勾引！真不知你这样的人怎么就成为模范？你模范在哪里？除了会勾引女老师外，你还会什么？"他话音一落，又指着江老师说："你知不知道她是谁？上次江老师就告诉你了，我是她的男朋友，你居然敢来抢我的女朋友！你这个淘粪的！你撒泡尿照照自己，哪个地方不是脏的？居然敢来抢我的女朋友！"

陶老师的话劈头盖脸，丁爱国一下子像是蒙了。

"等等！"江老师突然说话了："陶老师，你说什么？你说丁爱国捡了你的手表？"

"是的！"陶老师说，他一眼看见我和猴子，就说："小军他们当时也在，我的手表掉进了粪坑，当时这个模范正好也在，我就请他帮我捞出来，但他居然就私吞了！小军！你们说是不是这样？"

江老师的眼睛看向我了。

我对这个场景有点不知所措，点头不是，摇头也不是。猴子倒是忽然冷笑一声，说道："江老师，陶老师是要丁爱国去捡他的手表，但丁爱国没捡到。"

"是这样吗陶老师？"江老师冷冷地问。

"是他藏起来了。"

"我没有捡到，我没有藏起来。"丁爱国终于替自己说话了。

"怪了！"陶老师冷笑说，"你到这个学校做报告、那个学校做报告，都说你捡到过多少多少块手表，怎么偏偏就捡不到我掉下去的那块？"

"陶老师！"江老师忽然像是喊起来，"你不要撒谎！你那块手表明明在你的抽屉里！今天下午还看见你拿出过一次，我还奇怪，你这几天怎么不戴手表了。"

江老师话音一落，旁观的学生顿时像炸开了锅，"啊啊"声此起彼伏。

唯独丁爱国没有加入这惊诧声里。

"你怎么可以这样？"江老师还是对陶老师说，"你撒谎就撒谎，居然还去坑害人？你疯了是不是？"

陶老师一下子阵脚大乱，尤其他身边站着的都是他的学生，没想到当着这么多人的面，竟然被江老师当众戳穿谎言。

"江老师，"陶老师脸上的肌肉一阵扭曲，像是费力地吞口口水，然后说，"你不要和这个人往来，你看看，他一个淘粪的，我好歹也是个教师。我对你是真心的。你看，我当着你的面，当着这么多学生的面，我向你表白，我对你是真心的！"

"收回你的真心吧，"江老师看着陶老师的目光充满鄙夷，说道，"你是为达目的不择手段的人。我劝你死了这条心。"

"你！"陶老师一下子脸色变得狰狞起来，喊道，"你真的喜欢这个淘粪的？"

"对！"江老师也像激动起来，脸被血涨得通红，说道，"我就是喜欢他！"

说罢，江老师将手伸过去，一把将丁爱国的手臂挽住，说："爱国，你不是买了电影票吗？今晚去看电影吧。"

所有人都目瞪口呆。

包括丁爱国，他一下子不知所措了，甚至连话也说不出："我……我还没……"

"我们走。"江老师不等他说完，挽着丁爱国转身就要走。

接下来的瞬间我终生难忘。

江老师也好，丁爱国也好，他们全都忘记了，丁爱国的那个红灯牌收音机还在陶老师手上。我清清楚楚地看见，那个红灯牌收音机在陶老师手上扬起，然后，一道闪电样的弧线呈半圆状落在丁爱国头上。

那声巨大的"嘭"声激起在场所有人的惊呼。

丁爱国慢慢地转过身来，眼睛里是不相信的神情，然后他的手抬起来，捂住自己的后脑，从他的指缝中，一股浓得发黑的血陡然就冒出来。

江老师也在转头，她大喊了一声，然后双手紧紧捂到嘴上，她的脸苍白得像冬天的雪花突然落了上去，她弯腰想扶住丁爱国，但还是不敢，腰弯到一半，反而退了两步。在她的惨叫声中，丁爱国在她身前倒了下去，就倒在她脚前。

陶老师将那个收音机砸下去后，整个身子也在扭动，在他的扭动中，传递到收音机上的重量几乎就是能够传出去的全部重量了。那个收音机在接触到丁爱国的头部之后，好像是碰在一块岩石上面，收音机的整个机身发出"咔嚓"的断裂声，几块硬塑碎片像我抽起的陀螺一样飞起。当收音机将丁爱国击倒之后，陶老师的手上像是突然没劲了。那个裂开的收音机说不清是从丁爱国头上掉下去的，还是从陶老师手上掉下去的，总之那个收音机在往下直掉，它落地的声音很是沉闷，就掉在丁爱国的身边。

在一旁的学生也在惊叫，因为女学生多些，所以那些惊叫声特别脆，也特别尖细，好像是那些硬塑碎片在尖叫。她们像是得到什么指令一样同时往四周散开，而且，她们也像江老师一样，捂住了自己的嘴巴，但她们再捂，还是没把自己的尖叫声捂住。

我和猴子同样如此，我们惊呆了，我看见几块碎片像子弹一样朝我射来，我本能地朝一边闪了闪，但还是有一块碎片令我记忆犹新地从我左脸刮过，猴子没有被刮到，他也没有闪。猴子比所有人都熟悉打架的场面，所以，我觉得他没有害怕，但他再喜欢打架，也肯定没看见过这样的场面，所以他没有闪，是因为他也被吓住了。

我忘不了小学三年级的那个暑假，天气特别炎热，但街上所有的人都还是喜欢聚集在一起，不断地谈论模范标兵丁爱国的死亡。在我们这条街上，从来没有出现过这样的死亡事件，所有人都在谈论，好像所有人都是那次流血事件的目击证人，他们谈论得绘声绘色，谈论得无所不知，当暑假结束，他们还在继续谈论，谈论陶老师的被捕和判刑，谈论手铐，谈论报纸上的审判新闻，他们还谈论江老师的离开，谈论江老师终于考上了大学，她将有一个更好的前程，街上唯独没有人谈论新来的淘粪工人。那是一个年纪颇大的中年人，他拖粪车的动作和丁爱国一样，都是低着头，因为那辆粪车实在太重，所以拖着粪车——也就是拖着生活的人，都不得不低头。

终于有一天，这里没人再谈论这件事了。因为有些人搬走了，有些人搬来了，若干年后，有些房子也拆了，重建了一些宿舍，新宿舍的房子里开始有家庭卫生间了，那个公共厕所也不知道什么候拆除了，再后来，那时的孩子长大了，那时的大人变老了，那条街道也在后来彻底拆除了。我怀疑没有人再记得很多年以前的那个夏天。包括我自己。

去年，我在外地奔波多年后回来，到一片新开发的地段买了套商品房，前不久才拿到钥匙。我的房间很高，是这幢楼房的第二十三层。第一次进去后，我想享受一下新房间的感受，所以我没有开灯。我在阳台上久久远眺这个城市，登高望远，果然是令人心旷神怡的享受。当我转过身来，走进卧室时意外地看见，在我床边，居然有一片雪白的月光。人到中年了，这个诗意的场景还是让我心中一动，也就在这个瞬间，我忽然像一下子进入我记忆的底层，在那里，一个叫江小雁的老师如何朗诵"床前明月光"时的情景浮现出来。我忽然就想起那个炎热的夏天，想起那个夏天发生的事情，屈指一算，江小雁老师也早到退休的年纪了。不知道她后来在大学怎么样？不知道她毕业后去了哪里？不知道她后来嫁给了谁？更不知道她还会不会喜欢诗歌？毕竟我再也没看见过她，后来也几乎从未想起过她。也许她早也忘记了那个夏天所发生的一切。

但我们知道，遗忘是人最正常的一项本能，所以它没什么不好。

红姨的槟榔店

　　每次看见隔壁的于贵叔叔嚼槟榔我就感到诧异。我不明白，那么难吃的槟榔他怎么可以嚼得有滋有味，而且看他脸上的肌肉因咀嚼而一起一伏时，我就觉得自己口腔里也涌上一股难受的辛辣味。

　　我其实吃过一次槟榔。槟榔是小凯给我的，他当时不知从哪里弄来半口，对我说："你吃不吃？"平时我和小凯总喜欢在一起玩，也当然就免不了在一起吃点零食。但我知道，槟榔是大人才吃的，我没想过要吃。那天我以为小凯要给我一块动物饼干。我一看，他手上的居然是黑长长的半个剖开的槟榔时，不禁愣了。我赶紧说："槟榔？我不吃。"

　　"你试试，"小凯说，"于贵叔叔每天都吃，你怎么不敢吃？"

　　每次小凯对我丢句"你怎么不敢"时，我就很怕小凯因此瞧不起我。于是我从他手上接过槟榔，犹豫着说："那我吃一点点。"我不敢全扔嘴里，撕下几根丝一样的槟榔边，放嘴里嚼。小凯有点紧张地看我，结果我刚刚一嚼，就觉得喉咙里涌上来一股极为辛辣的味道，忍不住放声咳起来，赶紧把嘴里的那几丝槟榔吐掉。那些槟榔丝已经绞成一团了。小凯顿时哈哈一笑，说："有这么难吃吗？"他将手中的那半口槟榔像扔石子一样扔到了街角。我一下子明白了，小凯自己没吃槟榔，大概是拿不准到底好不好吃。他想看看效果，所以就要我吃。我和以前一样，总是上小凯的当。

我们宿舍对面是一家粮油公司，一楼是家槟榔店。那店子开了多久我不得而知。从我记事起，槟榔店就已经在那里了。开店的是个女人。看模样大概三十来岁，等发生后面的事情时我才知道，她实际上已经有四十岁的年龄了。她叫什么名字我们都不知道，只是她的店叫"红记槟榔"，我们就叫她红姨了。红姨似乎特别喜欢小孩，只要看见我们，就会笑着说道："小凯、小军，你们又滚铁环啊？"我和小凯"嗯嗯"几声，推着铁环从她店门前跑过去。

红姨好像从来不离开她的柜台。她那个柜台是玻璃做的，里面可以看见一大堆没剖开的槟榔。在玻璃柜台上面，则是几个矮矮的玻璃瓶子，瓶子里依旧是槟榔，在瓶子后面，有几个更小的瓶子，里面有些黏糊糊的东西。我从来不知道那是什么，但只要看见有人来红姨这里买槟榔，红姨总会将那些黏糊糊的东西抹到剖开的槟榔里面，还会从最小的瓶子里面挑出几滴油样的东西滴上去，这样才算可以给顾客了。

"多滴几滴。"每次于贵叔叔来买槟榔，总是会这么对红姨说。红姨就一笑，说："你也不怕辣。"她嘴上虽这么说，手上却还是往槟榔上多滴了几滴油。于贵叔叔接过去就往嘴里放，嚼得脸上肌肉一起一伏。

　　因为住在隔壁，于贵叔叔没事就喜欢到我家来串门。我总觉得，于贵叔叔是因为特别喜欢我才来的。好几次我在做作业时，于贵叔叔就走过来，把脑袋伸在我后面看好久，然后突然说话："小军，你现在读几年级？"他这么一说，我总是被吓一跳，因为我一直以为身后没人，哪里想到于贵叔叔会站在我身后。不过，这样的事情多了，我也就慢慢习惯了。我只是觉得奇怪，他每次都是问我在读几年级，我已经告诉他一百遍了，但他还是像没记住一样，每次一来，总是从这句问话开始。

　　实际上，于贵叔叔和我也说不了几句话，因为我要做作业，做完作业后，我要急着找小凯玩。在我眼里，于贵叔叔毕竟是大人，他肯定不会喜欢和我们一起滚铁环和抽陀螺。再说，他家里也没有铁环，我也没看见他滚过。陀螺他也没有。而且，我有时候也会对于贵叔叔感到失望，有一次他又来问我读几年级了。我说三年级了。他"哦"了一声，又问我在班上是第几名。这是我最不喜欢回答的问题了，因为我成绩不大好，所以就含含糊糊地说了个我自己也没听清的名次。好在于贵叔叔也不怎么在意，但那天我正巧有道数学题不会做，就问于贵叔叔要怎样做。于贵叔叔把我的习题看了好几遍，然后说："我不晓得做。"

　　"你不是大人吗？"我说，"你怎么不会做小学三年级的题目？"

　　于贵叔叔就一笑，说："于贵叔叔没读过书。"

　　我有点奇怪，怎么于贵叔叔没读过书？那他小时候干什么去了？

　　不过，我懒得问他这问题，就拿着课本去问小凯了。

　　小凯比我大三岁，因为留过级，所以还是五年级的学生。我平时有不会做的题都是去找他。小凯的成绩虽然也不好，但三年级的题还是会做。所以我去问他题时，小凯总是一副很得意的样子，也有一点教训我的口气。我从小就很习惯小凯的样子，而且，我一直就觉得，小凯比我知道的事情要多得多。

　　有天小凯就突然对我说了件我不知道的事。

　　"你晓不晓得，于贵叔叔喜欢红姨。"

　　听到这句话，真是把我吓一跳。我知道于贵叔叔喜欢嚼槟榔，所以会每天去红姨的槟榔店买槟榔，但他怎么就会喜欢红姨呢？我听了有点奇怪，就问："你怎么知道的？"

　　"这还要问？"小凯对我一脸不屑，"你没看见于贵叔叔去买槟榔，看着红姨时是什么样子？"

　　是什么样子呢？我真没注意过。不过，这个消息给我非常大的刺激。在我们班上，总是传来传去地说哪个男同学喜欢哪个女同学，哪个女同学又喜欢哪个男同学。据小凯说，每个学校都是这样的。在他们班上也是。而且，他还十分得意地告诉我，他们班上的小英喜欢他，至于小英对他是怎么个喜欢法，他就没告诉我了。我其实很想知道小英和他之间究竟是怎样的，但小凯总对我有些高傲地说："你还小，什么也不懂。"我听了很不高兴，怎么我就不懂了？不过，这个问题我没办法追究下去，因为我们班上没哪个女同学喜欢我，我也没喜欢班上的哪个女同学。

　　但于贵叔叔喜欢红姨。这是真的吗？

　　自从小凯告诉我这个消息后，每天放学，我都会在经过红姨的槟榔店时，特意放慢脚步，我想看看于贵叔叔是不是也在店里。小凯说过，于贵叔叔看红姨的眼色不一样。到底有什么不一样呢？我真的很想亲眼看看。但很多时候我都只看见红姨一个人在。说真的，在我看来，红姨是我们街上最漂亮的女人。她喜欢穿红色的衣服，头发很长，烫了大波浪，这使得红姨从背后去看的话，有点像外国人。因为外国人的头发就是这么鬈起来的。红姨的皮肤还特别白，嘴唇特别红。我妈妈说红姨的嘴唇是涂口红涂红的。我很好奇口红是什么，但我没问过妈妈，也没问过红姨。我不想她们和小凯一样，认为我什么也不懂。关于口红，我还特地告诉过小凯，我说红姨的嘴巴上涂了口红你知道吗？我很希望小凯会惊讶我的这个消息，但小凯的反应是说他早就知道了。在我和小凯之间，只有我不知道的事，没有他不知道的事。这是我感到懊恼的地方，什么时候我能问出个小凯也不知道的问题呢？

　　其实在小凯告诉我于贵叔叔喜欢红姨之前，我就喜欢红姨的店。原因我刚才已经说过了，红姨是我们街上最漂亮的女人，尤其是她的脖子，在中间有一条非常长、非常细的褶印，这使她的脖子特别漂亮，特别有吸引力。每次我站在红姨面前时，就特别喜欢去看她脖子上的那条褶印。红姨是大人，比我高多了，我想她一定不知道我喜欢看她的脖子。不过我很少能站在红姨面前，因为我不吃槟榔，就没理由到她店门口站着不走。于贵叔叔可以站着不走，因为他要到红姨那里买槟榔吃，而且，他一边嚼就一边和红姨说话。每次看见于贵叔叔和红姨说话，我都会暗暗地羡慕于贵叔叔。

　　不记得什么时候开始，我们街上的小伙伴都可以到红姨的店里和红姨说话了，因为红姨在卖槟榔之余，又卖泡泡糖。泡泡糖是我们都喜欢的，我也特别喜欢。妈妈给我的零花钱我基本上都用来买泡泡糖。我们几个小伙伴会在红姨面前比赛谁吹出的泡泡大。为了让红姨注意我，我每天都练习得非常勤奋，到后来，没有哪个小伙伴的泡泡可以吹得比我大。小凯在所有的地方都比我厉害，唯独在吹泡泡方面，他不是我的对手。这点不是靠吹牛能取胜的，小凯每次看见我想和他比吹泡泡，就赶紧说要比别的。但我不根本不想和他比别的，比别的我肯定会输，比这个我一定赢，而且，我喜欢在红姨面前赢小凯，只要我们在红姨店里一起买泡泡糖时，我就会马上提出比吹泡泡。小凯当然也不想在红姨面前退缩，便和我比，每次都是他输。赢了之后，我就去看红姨。红姨果然看着我笑，夸我吹泡泡厉害。我兴奋得脸都红了。这个时候，我就偷偷去看她脖子下面的褶印，那是红姨最漂亮的地方了。

　　我果然发现于贵叔叔喜欢红姨。

　　那天放学后，我又去红姨的槟榔店买泡泡糖，正巧于贵叔叔也在。我到红姨的槟榔店门口时，于贵叔叔已经在嚼槟榔了。我听见他说："你今天滴的桂子油不过劲。"

　　"不过劲？"红姨说，"每天都是这么滴的，哪里会不过劲？"

　　于贵叔叔笑了，身子俯在红姨的玻璃柜台上，眼睛看着红姨，说："你店里还有更过劲的没？"

　　"什么是更过劲的？"红姨说。

　　于贵叔叔忽然就将嘴巴凑近红姨耳朵，他说了句什么我没听到，只见红姨突然就挥手给了于贵叔叔一拳，脸上却是笑了，说："不正经！滚回去！"

　　他们看见我了。于贵叔叔就说："小军，你说红姨漂不漂亮？"

这是第一次有人问我这样的问题，尽管答案我早就有了，但哪里敢说出来？我赶紧装作没听到，对红姨说我要买泡泡糖。红姨伸手从瓶子里拿出一块泡泡糖，接过我递过去的一角钱，转头对于贵叔叔说："你还不回去？"

"小军，"没想到，于贵叔叔的回答居然是对我说话，"快回去做作业。"

我不敢多说话，赶紧从他们身边走开了。一路上，我都想着我刚才听到的话。我特别想知道于贵叔叔刚才在红姨耳朵边究竟说了什么。为什么红姨听了后要打于贵叔叔，但既然是打他，为什么又会笑？但不管怎样，我算是看见于贵叔叔看红姨时是什么样子了。于贵叔叔的那个样子我很不喜欢，尤其他凑向红姨耳朵边时露出的笑，根本就不是他平时对我那样的笑。是什么样的笑呢？我觉得就像红姨骂他的那样，不正经。我有点怀疑小凯告诉过我的究竟对不对，于贵叔叔对红姨不正经，就是喜欢红姨吗？

不知道为什么，即使于贵叔叔喜欢红姨，我也莫名其妙地希望红姨不要去喜欢于贵叔叔。在正南街上，我们全都知道，没有什么人愿意和于贵叔叔在一起，我听见很多人说于贵叔叔游手好闲，不务正业。我倒是不讨厌于贵叔叔，他对我总是笑嘻嘻的，但别的大人都不喜欢于贵叔叔，我也就觉得于贵叔叔应该比不上红姨。

很快我就发现，希望红姨不要喜欢于贵叔叔的不止我一个，还有于贵叔叔的妈妈严奶奶。

我记得那天我正在做作业，妈妈蹲在里面的厨房择空心菜。严奶奶忽然从外面走了进来。我抬头看见，就赶紧叫她一声，又转头说："妈，严奶奶来了。"蹲在厨房里的妈妈听见我的说话，也连忙起身出来，拉个小板凳给严奶奶坐。

严奶奶坐下后就对我妈妈说："今天我听人说于贵和那个槟榔店的红妹子好上了？是不是真的？你听说了吗？"

我妈妈有点不以为然，她说，"严奶奶，都是左邻右舍的人，没事开个玩笑吧，哪里能当真了？我没听谁说过。"

听见她们在说于贵叔叔和红姨，我不由得就竖起了耳朵。

只听见严奶奶接着说："于贵从小就没好样子，到现在也不去找份工作，整天就东转西看。我三十多岁才生下他，他爸爸过世得又早，我守着寡把他拉扯大，一把屎一把尿的，容易吗？于贵今年也快三十了，已经不小了，我这当妈的自然希望他能找个好好的人家。那红妹子可要不得。"

我听了真是奇怪，怎么严奶奶说红姨"要不得"呢？

我妈妈还没说话，严奶奶又继续说下去："听说红妹子开槟榔店以来，一直就不三不四，况且，她比于贵大上十岁不止，还结过婚。你说，是不是红妹子勾引了我家于贵？"

我妈妈笑了，说："严奶奶，你也别听风就是雨。于贵还年轻，红妹子结过婚不假，但要说他们两人会到一起，怕也是无聊的人说三道四。于贵喜欢嚼槟榔，就去红妹子那里多了点，你也不要想太多。"

"你说起槟榔我就来气！"严奶奶说，"你看于贵学了些什么好样？每天就只知道嚼槟榔，他爸爸一辈子就没嚼过一口，怎么他就喜欢那东西了？"

妈妈说："严奶奶，于贵喜欢嚼槟榔也没什么，这街上哪个男人又不喜欢嚼槟榔？"

严奶奶说："我非要他戒了不可！以后就少到红妹子店里去！"

　　她们就这么说来说去，到最后也没说出什么更新鲜的东西。临了我妈妈问严奶奶在我家吃饭不？严奶奶说不了，她要回去给于贵做饭。严奶奶走了，她对于贵叔叔不满，对红姨更加不满。

　　没过几天，我刚刚吃完晚饭，妈妈正收拾碗筷，我们就听见严奶奶和于贵叔叔在隔壁吵架。他们之前说了些什么我们都没听到，只听见于贵叔叔大喝一声，"我的事不要你管！"

　　于贵叔叔这句话说得像打雷一样响，我和妈妈在隔壁都听见了。

　　紧接着，就听见严奶奶也提高声音说："不要我管？你从小到大，什么事不是我管？你现在大了，以为翅膀就硬了是不？你把槟榔给我戒了！还有，不准到红妹子那里去！"

　　"老子不戒！偏要去！"

　　听得出，于贵叔叔的火气比严奶奶更大。

　　我望望妈妈。妈妈也皱着眉头看着竖在我们家和严奶奶家中间的那堵墙壁，好像妈妈能透过墙壁，看见隔壁的严奶奶和于贵叔叔吵架一样。

　　于贵叔叔的话音一落，隔壁一下子没了声音，但也只有几秒钟的时间，我突然就听见严奶奶哭了起来。她一边哭一边骂，"我怎么就生出你这么个不争气的儿子来！快三十岁的人了，也不知道去找事做，天天就守在家里。你不要我管是吧？那你滚出去！"

　　随着严奶奶这句话，隔壁出现一阵杂乱的声音。我妈妈往外便走，我也赶紧跟出来。

　　严奶奶的家门已经打开了。于贵叔叔正往外走，我妈妈赶紧把于贵叔叔堵在门口。妈妈笑着说："于贵，你怎么和严奶奶吵起来了？进去进去，我跟你说几句。"

只见严奶奶跟在于贵叔叔后面，大哭着说："你滚出去！滚出去！就当我没生你这个儿子！"

我妈妈又赶紧对严奶奶说："严奶奶，于贵小，不懂事，气大伤身，你也别气了。于贵你快进去。"妈妈拉着于贵叔叔的胳膊就往里面走，又一边对严奶奶笑道："母子两个，有什么不好说的！严奶奶，让于贵给你道个歉。"她又转向于贵叔叔，说："于贵，你怎么可以和你妈妈顶嘴？还不给你妈妈认个错？"

于贵叔叔像是火气未消，把我妈妈的手一挣，说道："我错哪里了？"

我妈妈还没说话，严奶奶就眼泪一抹，喊了起来，"你错哪里了？成天和那个红妹子鬼混，还问错哪里了？"

"我就是喜欢她，又怎么啦？"于贵叔叔的声音再次突然拔高。

这句话让严奶奶嘴角一阵哆嗦，只见她转身从墙角抄起一把扫帚，对着于贵叔叔就打过去，说道："你滚！滚出去！"

于贵叔叔挥臂闪开扫帚，说道："我就走！"说完，于贵叔叔果然转身就走，又飞快地挡开我妈妈的再次拉拽，出门转个弯就不见了。

严奶奶见状，把扫帚一扔，又放声哭起来。

我妈妈对我小声说句，"你回去。"我只得回去，妈妈留在严奶奶家里。我回到家里就听不见妈妈和严奶奶的说话声了，但严奶奶的哭声仍时断时续地传过来。我记得那晚妈妈在严奶奶家里待了很久，另外我还记得，那晚她没有检查我的作业，像是忘记了这件她每天都要做的事。

于贵叔叔就这样从严奶奶家里走了。第二天，我非常惊异地看见于贵叔叔竟然在红姨的槟榔店里。那天放学，我和小凯照例去红姨的槟榔店买泡泡糖。红姨的所有表情和之前没有什么两样，还是穿着红衣服，披着波浪形卷发，嘴上涂着口红。当我们走到她的玻璃柜台前站住，红姨脸上的笑和之前也一模一样。她说："小凯、小军，你们放学了？"

我说是，然后将手中的一角钱给红姨。

红姨将泡泡糖的瓶子盖打开，伸手到里面拿出泡泡糖。这时我看见红姨身后，她店里面的那张靠椅上，竟然坐着于贵叔叔。红姨店里只有这一张靠椅，除了红姨自己，从来没有其他人坐过。所以，当我看见于贵叔叔坐在里面时，不禁睁大了眼睛。于贵叔叔嘴里嚼着槟榔，脸上的神色像是什么也没发生。我惊异万分，在喊他时居然结巴起来，"于、于贵叔叔……"

于贵叔叔听见我喊他，脸上笑了笑，神色看上去就根本没有和严奶奶吵过架一样。他没有起身，只把嘴里的槟榔渣吐到手上，顺手往旁边的垃圾桶里一扔。我有点不知所措，小凯已经将我拉开了。

转过弯我就说："于贵叔叔在红姨店里了？"

在学校时，我就已经告诉小凯昨晚于贵叔叔和严奶奶吵架的事了。小凯回答我说："我早说过嘛，于贵叔叔喜欢红姨，严奶奶把他赶出来，他肯定就去红姨那里了。"

"要不要告诉严奶奶？"我问。

小凯不以为然，说："这有什么好去告诉的。"

说完，小凯张口吹出一个很大的泡泡。我发现，小凯吹出的泡泡已经和我吹出的差不多大了。我不由得紧张起来，很怕小凯在吹泡泡方面也超过我，于是我也赶紧吹一个，我吹的还是比小凯大，我不禁有点得意起来。

于贵叔叔在红姨店里的事我没告诉严奶奶。但我很快发现，我告不告诉根本没用，没过两天，街上所有人都知道于贵叔叔住到红姨店里去了。因为于贵叔叔每天就坐在红姨店里的靠椅上，嘴里的槟榔嚼个不停。所有去红姨店里买槟榔的人都看见这一幕了，不少人还跟于贵叔叔开玩笑，于贵叔叔倒是显得根本不在乎。记得有一天我在买泡泡糖时，粮油公司的会计苏伯伯也在买槟榔，他对于贵叔叔说："于贵，你他 × 现在享福嘛！啊，嘿嘿……"苏伯伯的笑声我听了很不舒服，但于贵叔叔反而笑起来，说："老苏，你他 × 少阴阳怪气，你老婆天天给你洗澡，你以为还有谁不知道？"

苏伯伯也不生气，哈哈一笑，说："现在也有人给你洗澡了吧？"

于贵叔叔鼻子里的"哼"声带着笑，说："去你的。"

我在旁听了这几句，心里不知怎么，突然十分难受。苏伯伯老婆天天给苏伯伯洗澡的事，我还真就不知道，至于现在谁给于贵叔叔洗澡呢？听他们口气，当然是红姨了。我真的很难受，这难受来得特别奇怪，我自己也说不清。我更不明白的是，于贵叔叔是大人了，怎么会……自从我读一年级开始，我就是自己洗澡了。

接下来我没想到，红姨忽然把柜台一拍，对苏伯伯冷冷地说道："你是来买槟榔的，还是来讨论谁给你洗澡的？槟榔在这里，要还是不要？"

苏伯伯眼神诧异地看了红姨一眼，也从鼻孔里"哼"一声，把一块钱按在柜台上，拿过槟榔走了。我听见他转身离开时嘀咕了一句，"还以为自己是什么货色？"

自于贵叔叔住到红姨那里之后，严奶奶差不多每天都会到我家来。她一来就和我妈妈说话。大概因为我小，我家里也没有多余的空房，她们说话总是当我的面说。我觉得真是奇怪，难道她们就认为我听不见她们说话吗？从严奶奶和我妈妈的说话中，我听出了这样一些事。首先，严奶奶对于贵叔叔的离家出走非常伤心，但儿子是她用扫帚赶出去的，她无论如何也不好去红妹子那里把他接回来。再说了，于贵叔叔两岁时，他爸爸就死了，是严奶奶守寡把于贵叔叔带大的。在严奶奶眼里，于贵叔叔小时候本来很聪明，但就是被自己惯坏了，而且，因为于贵叔叔爸爸的那个身份，小时候于贵叔叔就没上学，后来"文化大革命"了，严奶奶更怕于贵叔叔出什么问题，就把他始终带在身边。她原本以为，这个儿子会多么多么听话，还会多么多么孝顺，但哪里想到，等他长大后，一点都不听话，连工作也不愿意找。其实前些年严奶奶给于贵叔叔找了份烧锅炉的工作，结果于贵叔叔干了没两天，就不去上班了，嫌那工作累死人。严奶奶叹息，如果不是他爸爸死得早，这个儿子怎么会这么没出息？眼看着快三十岁的人了，连家也没成。哪个女人愿意嫁给一个没本事养家糊口的人呢？但那个红妹子，却是坚决不能和于贵叔叔在一起的。因为红妹子比于贵叔叔大了十岁不止。虽然说女大三，抱金砖，但大十岁是抱什么？再说了，那个红妹子不是结过婚吗？离婚简直太恐怖了，如果不是红妹子在外面不三不四，她那个丈夫怎么会和她离婚？于贵叔叔可是从来没结过婚的人，不知道自己吃了多大一个亏，希望他早晚会明白。另外最重要的，那个红妹子是做生意的，你看看她成天是什么德行？不是今天和张三打情，就是明天和李四骂俏，严奶奶活大半辈子了，什么人没见过？红妹子那个不正经的样子看着就想作呕。什么口红，什么波浪卷发，就看她那打扮，不是狐狸精是什么？她要害别人就去害别人，怎么要害我们家于贵啊？这不是造孽吗？

严奶奶和我妈妈说着说着就要哭。我妈妈开始还是安慰严奶奶，甚至对严奶奶说，完全可以去把于贵叔叔接回来。母子间没什么大不了的事。当然了，那个红妹子是要不得，明明知道于贵叔叔只有一个老妈，怎么可以让别人的儿子在她家里住着，也不劝他回家呢？

我妈妈这么一说，严奶奶就开始痛骂红姨了。

在严奶奶嘴里，红姨简直就是十恶不赦的坏女人，除了会勾引男人，就不晓得做别的什么事。当然，严奶奶骂归骂，我还是听得出来，严奶奶希望于贵叔叔能自己回来，只要他回来，严奶奶会既往不咎。

但于贵叔叔好像没有要回来的迹象，严奶奶对这点倒是着了慌。有天她又过来，非常为难地把声音压低，其实我还是能听见，所以我不明白她干吗要压低声音？严奶奶说："你能不能……去红妹子那里，要于贵回来？"

我妈妈愣了愣，然后说："我去叫于贵回来？"

严奶奶又叹息了，摇着头说："唉，我也知道是为难你，但是、但是，于贵都出去这么多天了，我每晚都睡不着。"

我妈妈看起来像是没办法了，事实上，严奶奶每天过来和我妈妈谈论于贵，我妈妈已经有点招架不住，而且，我还感觉到，我妈妈有点已经厌烦严奶奶来找她说于贵叔叔了。我还发现，严奶奶好像变了一个人。以前，严奶奶对我们真是和善，也不去和街坊多话，街坊对严奶奶也算是尊敬。毕竟，谁都知道，严奶奶的丈夫死得早，当时有不少人劝她再嫁，但严奶奶坚决不肯再嫁，一心一意地带大于贵叔叔。而且，她好像很习惯于贵叔叔不做事，连倒个垃圾的事也舍不得于贵叔叔去做,尽管她嘴上又喜欢对我妈妈唠叨于贵叔叔这也不做,那也不做。我妈妈在家里也说过好几次,说严奶奶对于贵叔叔太宠惯了。于贵叔叔这不做那不做,又能怪谁呢?但于贵叔叔是严奶奶的儿子,我妈妈当然不能去和于贵叔叔说这些,也不会对严奶奶说这些。只是,当于贵叔叔离家之后,严奶奶就真的特别喜欢说个没完,而且动不动还哭个没完。我感到奇怪的是,严奶奶每天来和我妈妈说话,总是说同样的话,但从严奶奶的语气来看,她觉得那些话都还是第一次对我妈妈说。

妈妈对严奶奶的安慰连我都能听出来,完全是在敷衍了,"严奶奶,你这么想于贵,我看还是你自己去叫他回来。"

"我去叫?"严奶奶摇着头,居然又哭起来。我看得很是奇怪。严奶奶干吗不自己去叫于贵叔叔回来呢,既然她这么想于贵叔叔?不过我倒是知道,于贵叔叔肯定不想回来。他在红姨那里,天天可以躺在靠椅上嚼槟榔,而且,如果苏伯伯没说错的话,连洗澡都不用自己洗,那不是舒服得要死吗?

但有一天我突然发现,于贵叔叔不像是在红姨那里享福。

在粮油公司后面,是我们这里的菜场。连接粮油公司和菜场的便是一条巷子了。那天我放学回家后,妈妈要我将家里的垃圾扔到菜场那边的垃圾站去。我提着垃圾桶出来,刚拐进那条巷子口就不由得一愣。在靠粮油公司的墙角前,于贵叔叔竟然在那里剖鳝鱼。

于贵叔叔的鳝鱼摊也就是两张椅子背做支撑,上面搁块反过来架的搓衣板。在他脚旁,是一个装满水和活鳝鱼的塑料桶。那些看起来像蛇一样扭动的鳝鱼一条条把头仰出水面。于贵叔叔伸手入桶,掐住一条鳝鱼,提起来,狠狠往桶沿上一抽,那条鳝鱼顿时就晕过去。于贵叔叔将那条鳝鱼顺手放在搓衣板上，将一根上部是圆扣的长钉子按在鳝鱼头上，右手的剖鱼刀翻过，在钉子上狠敲几下，钉子就钉进鳝鱼头了……于贵叔叔将手一推，剖好的鳝鱼肉便被抹到搓衣板下面的一个塑料盆里。最后，于贵叔叔再拔出钉进鳝鱼头的长钉子，将鳝鱼头和鳝鱼尾及内脏抹到搓衣板下的另一个塑料盆里。

我平时很喜欢吃鳝鱼，但毕竟鳝鱼比其他肉类贵多了，所以妈妈很少买。我更没有料到，我喜欢吃的鳝鱼居然是这样被杀死的。看着于贵叔叔的满手鲜血和满是鳝鱼头、鳝鱼尾和内脏的塑料桶，我不禁感到害怕。我像被钉住了一样地迈不开脚步。

于贵叔叔再去抓另一条鳝鱼时看见我了。

"小军，"于贵叔叔说，"你倒垃圾去啊？"

他一边说，一边又将这条鳝鱼如法炮制地开膛破肚。

"嗯，"我回答，"于贵叔叔，你剖鳝鱼啊。"

于贵叔叔不知为什么，像是冷笑一下，然后说："是啊，你还不去？"

我正要从于贵叔叔身边走开，于贵叔叔又说，"来，"他身子一侧，说，"帮我拿口槟榔出来。"我走上去，从他裤兜里摸出一包槟榔。于贵叔叔对我弯下腰，我拣出一口槟榔塞进他嘴里。

回家后，我赶紧告诉妈妈于贵叔叔在巷子里剖鳝鱼。

"你想吃鳝鱼了？"妈妈问。

我不知道妈妈怎么会这样来理解，鳝鱼我当然想吃，但我摇摇头说："不是。妈妈，于贵叔叔怎么会剖鳝鱼？"

妈妈像是奇怪我问这个问题，就说了句，"很多人都会剖。"

还没等我和妈妈多说几句话，严奶奶又从外面走了进来。她一进来，就对我妈妈说："你看看，你看看，于贵竟然在剖鳝鱼！"

我妈妈真的有点烦严奶奶了，也没有去拉小板凳，就说："严奶奶，于贵是可以做事的嘛。"

"做事？"严奶奶又要哭了，"他在家时，我要他做过什么事？现在好了，不要这个家了，也不要我这个妈了，跑到红妹子那里去了。一定是红妹子逼于贵去剖鳝鱼的。"

妈妈微微皱了下眉，还是又很快笑了笑，说："严奶奶，也别管是不是红妹子逼的，我觉得让于贵多做点事也要得。"

"什么要得？"严奶奶说，"我刚才去菜场，看见于贵在巷子口剖鳝鱼，我在他旁边站了半天，他连我看也不看。他手上全是血，是不是割着自己的手了？"

妈妈说："严奶奶，你不是总说于贵大了，什么事也不做嘛，现在他在做事，我看你就让他去做。至少嘛，让他知道赚钱不是那么容易的。"

严奶奶刚刚准备哭的，听见我妈妈这样说，就不打算哭了。她对妈妈有点不满地说："怎么你也这样说？于贵在家里，我哪会让他做这样的事？"

"严奶奶，"妈妈说，"要不就等两天再说。"

接下来的两天，我和小凯就都跑去巷子里看于贵叔叔剖鳝鱼。

我发现，剖鳝鱼的于贵叔叔好像不怎么高兴。以前他看见我和小凯，总是会笑的，也总是会逗我们说几句话的，但现在不了，他全心全意地在剖鳝鱼。当他大概觉得到了该说话的时候，就抬头问我们："你们今年读几年级？"

"我三年级。"我回答。

"小凯你呢？"

"我五年级。"小凯回答。

然后于贵叔叔又不说话了，很仔细地继续剖鳝鱼。

小凯胆子比我大，他喜欢到那个装水和活鳝鱼的桶里摸鳝鱼，而且，在看见于贵叔叔剖完一条鳝鱼后，还帮着掐条鳝鱼上来，往桶沿一抽，将晕了的鳝鱼交给于贵叔叔。我实在是有点怕，觉得鳝鱼和蛇太像了。怎么小凯就不怕呢？

眼看着于贵叔叔剖了十来条鳝鱼后，严奶奶出现了。

严奶奶走到于贵叔叔身边，突然就大声说："于贵！你给我回去！"

于贵叔叔抬头看了严奶奶一眼，冷冷地"哼"了一声，继续低头剖鳝鱼。

严奶奶几步走到于贵叔叔前面，居然端起那个装满鳝鱼头、鳝鱼尾和鳝鱼内脏的塑料盆，对于贵叔叔说："你到底回不回去？"

于贵叔叔停住刀，说："我不回去！"

"好！好！"严奶奶一连说了两个"好"字，突然端着盆子就从于贵叔叔身边走开。于贵叔叔一愣，转头说："你要干什么？"

我和小凯在旁，也有点惊讶，只见严奶奶端着盆子走到巷子口转弯了。

于贵叔叔赶紧将鳝鱼刀往搓衣板上一扔，跟着严奶奶过去。

我和小凯也不由自主地跟过去。

但我们都晚了一步。我们转过弯，就看见严奶奶将装了大半盆鳝鱼头、鳝鱼尾、鳝鱼内脏的盆子对着红姨的槟榔柜台上就泼过去。

红姨正站在柜台里面给苏伯伯递槟榔，没提防一盆血淋淋的脏东西对着自己就扑了过来，身上顿时飞上无数麻麻点点的鳝鱼血。

红姨"哎呀"一声惊叫。好在苏伯伯在外面，那堆血淋淋的东西在玻璃柜台上一溅开，他身疾眼快地就立刻退开了，嘴里也"哎呀"叫了一下。

我惊呆了。

只见严奶奶将盆子扔过去后，指着红姨就骂开了，"就是你这个不三不四的女人，勾引我们家干贵！你说！你到底想要干贵怎样？"

红姨一边抹着身上的血污，也一边对严奶奶叫了起来，"你、你、你这个不知好歹的！你这是干什么？"

"干什么？"严奶奶抓起玻璃柜台上的赃物，对着红姨的脸就扔过去，一边说，"我打你这个不要脸的！"

红姨一边闪身，一边抬臂挡住脸。

于贵叔叔早已经过来，他没来得及阻挡严奶奶扔盆子，现在他一把将严奶奶的手抓住了。只听他厉声喝道："你发什么疯？"

"我发疯？"严奶奶说，"我早被你们逼疯了！"她拼命扭着身子，想挣脱于贵叔叔的手，但于贵叔叔抓得很牢。

在我的感觉里，几乎只一个转眼，好多街坊邻居就都到红姨的槟榔店前了。

我听见红姨在大叫："我在挽救你儿子，你知不知道？"

"我儿子要你来挽救？他犯法了？呸！"严奶奶的手被于贵叔叔抓住，嘴却没堵住，她对红姨吐出一口痰，幸好没吐到红姨身上。围成一圈的街坊纷纷开始劝说。不过听得出，他们大都是对严奶奶的行为感到不满。只是严奶奶毕竟是长辈，所以他们的话又不好明说。我虽然吃惊，也一下子对严奶奶感到不喜欢了。

不知道妈妈是什么时候过来的。她一来就走到严奶奶面前，说："严奶奶，你生这么大气干什么？来，快回去。"说完这句，妈妈又转身到红姨面前。红姨那时候在拼命地哭。苏伯伯几个人在安慰她，还有人赶紧在收拾血淋淋的玻璃柜台。

妈妈对红姨说："红妹子，严奶奶年纪大了，你不要和她计较。毕竟，她是于贵的妈。"

"是于贵的妈又怎么了？"红姨抬起脸，说，"年纪大就可以做这样的事吗？我做错什么了？于贵到我这里，我哪天没劝他回去？我要他会门手艺，我也错了啊？"

"我儿子不要你管！"严奶奶还在那里大叫。奇怪的是，严奶奶居然也哭了起来。她一边哭，一边又把她如何守寡带大于贵的事颠来倒去地说给旁边的人听。

"你们知不知道？我一个寡妇，好不容易带大于贵。人图个什么？不就是养儿防老？现在好，这个不要脸的女人把我家于贵勾引到她这里。你们说，你们说，她是不是活该？我儿子一直好好的，就是被这个女人带坏了。我、我要砸了她这个店！呜呜呜……"严奶奶说到后来，竟然又放声哭起来。

"严奶奶，算啦，算啦。"很多人这么说。

严奶奶还继续说下去，"你们谁愿意自己的儿子和一个不三不四的女人混到一起？啊？"

"够了！"于贵叔叔对严奶奶咆哮起来，"丢人现眼！你回去！"

"我丢人现眼？"严奶奶又哭又喊，"你有本事就永远别回那个家！"

"我不回！"于贵叔叔吼道。

我妈妈赶紧过来，对于贵叔叔说："于贵，对你妈妈吼什么！"她又对严奶奶说："严奶奶，先跟我回去，到我家吃饭。啊。"

妈妈带严奶奶往我家走。严奶奶还回头对于贵叔叔说："你别回来！别回来！”

我自然也跟着妈妈和严奶奶回去。回头时我看见于贵叔叔想去抱红姨，却被红姨狠狠抽了个耳光。

那天晚上，妈妈又陪了严奶奶很久，直到我睡着了，妈妈还没有从严奶奶那边过来。

第二天，中午放学时我惊讶地看见，红姨槟榔店的门是关着的，上面挂了把锁。很多街坊围在那里，他们都在劝严奶奶回去。但严奶奶竟然是跪在那扇关着的门前，一边死劲拍门，一边嚎哭道："红妹子！红妹子！你这个不要脸的，你把我家于贵带到哪里去了？你把他还给我，还给我！"

我心惊胆战地看着这场景，心里面一下子被一股说不出的难受充满。我听见旁边的人在窃窃私语，说于贵叔叔和红姨离开这里了，谁也不知道他们的去处。我不明白的是，严奶奶为什么要对着一扇门下跪？而且，她的话听起来既像是在乞求，又像是在骂红姨。她到底是乞求还是在骂？因为妈妈那时没在，我就转头问小凯。没想到，对我的问题，小凯也终于说他也不知道了。

赵小波的烟盒纸

赵小波是我表弟，他出生在一九七四年。为了不让他出生，我姨妈想了很多办法来阻止。若干年后，我知道我姨妈当年采取了至少三种办法。第一种是从江湖郎中那里弄来一些打胎药，吃下去后发现没效果，于是就采取了第二种，那时候我们这里正好要修建一座跨江大桥。我姨妈偷偷跑过去搬石头。哪块重搬哪块，想以此达到流产的目的。但结果被人发现来搬石头的那个女人居然是孕妇，我姨妈立刻被打发回家。左思右想之后，我姨妈采取了第三种，一连几个月，她每天像个发誓要夺取金牌的运动员一样地练习跳绳跳远，但我姨妈的肚皮还是日益隆涨，最后送进医院。我的表弟赵小波就在医院的肮脏床单上来到了他原本没资格染指的人间。

我姨妈之所以横下心来要结果赵小波的性命，原因在于她那时还没有结婚。那时，未婚先孕是大逆不道之事，也是败坏家风之事。

对我姨妈来说，十分幸运的是在怀孕八九个月之后，经人介绍，认识了我姨父。即使在今天来看，我姨父也是属于老实巴交的那一类——话不露齿，语不高声。当时他父亲还未平反，因此，对结婚压根就已绝望的我姨父听说我姨妈愿意嫁给他时，喜出望外得像在自己祖坟里挖出了一坛金子。

赵小波出生时我已经两岁半。对赵小波的到来，我不像我姨妈那样感到愤恨，正好相反，我的全部感觉是极为兴奋。毕竟，有了一个弟弟，我就多一个可以和我一起捉苍蝇玩蚂蚁的人了。

我那时和外婆住在一起，但只是从周一到周五。每到周六，父母就将我接回家。赵小波却不同。我姨妈生下他后，立刻跟随我姨父去了乡下。赵小波像抹布样扔给我外婆。我虽然还小，但也很快知道，我姨妈之所以对赵小波感到愤怒，是因为赵小波一出生，就有个大得出奇的头。这个头让我姨妈生下他时吃尽了苦楚，当然，更重要的原因是我一开始就说了的，但得等很久之后我才明白，那就是赵小波不是她的婚生子，所以看见赵小波，也就意味看见自己想要忘记的某次屈辱。

从医院回来后，赵小波给我带来的喜悦未能持续三天，因为他太小，既不会说话，也不会走路，但却有本事哭上一个通宵。我到晚上想睡觉了，赵小波的哭声坚决不让我睡。我外婆倒是不觉得赵小波的哭声令人厌烦。她会侧躺在赵小波身旁，用一只手慢慢地抚摸赵小波的肚子，好像赵小波是用肚子来哭似的。另外一个情况我也很快发现了，因为赵小波，外婆对我像是变得冷淡了。至少她很少抱我了，每天都抱着赵小波。我感到有点受不了，因此对赵小波，我也像我姨妈一样，开始恨起他来。

赵小波两岁才开始学走路。当他终于知道晚上是应该睡觉的时候，我对他的恨也就慢慢消失了。但我还是不喜欢他。他的头大得实在离谱，好像随时会从脖子上掉下来。我还发现，除了我外婆，所有的街坊都不喜欢他，在任何人眼里，赵小波都蠢得到了家，因此我喜欢指挥他，捉弄他。我特别记得他那时扶着墙开始学步时，我在一旁大声要他走快点。也不知他是不是听懂了我的话，扭头很古怪地看我一眼，然后继续慢慢走。我有点轻蔑他，于是就走过去，把他从墙壁前拉开，说："走路还不会？哪个是扶墙走路的？"被我一说，赵小波更怕了，眼里终于流露出恐惧。他呆呆地站在原地，半步也不敢动。我十分得意，在他身边一连走了好几圈，说："走路就是这样！知道了不？"赵小波还是不动，但他站在原地都摇摇摆摆起来，终于猛然一晃，摔倒了，立刻哇的一声哭起来。我外婆在里面听见了，立刻走出来，对我脸色一沉，训斥我说："你怎么又欺负弟弟了？"

我真是委屈，说道："我根本没碰他，是他自己摔倒的。"

外婆对我更是恼怒，说："你还不承认？"

"我没有！"我大声抗议，觉得眼泪都要出来了。

因为赵小波还在哭，外婆就弯腰把赵小波拉起，还顺势把赵小波抱在怀里，拍着他的背，连声哄他。我懒得理，转身出去找小凯了。

小凯是巷子口张伯伯的儿子，比我大三岁。我喜欢和小凯一起玩，就因为小凯比我大。而且，在整条街上，没有哪个孩子不接受小凯的指挥。

小凯在巷子里滚铁环，见我来了，就收起铁环，说："你怎么没带赵小波？"

我很生气地说："他有什么好带的？连走路都不会，我外婆见他摔倒了，居然说是我欺负他。"

小凯说："那你就别管了，你的铁环呢？"

我没带铁环。但小凯相信我的话，我刚才的委屈一下子就没有了。

我不明白外婆为什么那么喜欢赵小波。我姨妈跟姨父去乡下后，我只在每年春节时才看见她。过年是我很喜欢的时候。大年三十，我父母会到外婆家过年，我姨妈和姨父也会过来。只是外婆家的团年饭和别人家不同，外婆家的团年饭是中午吃。因为我姨妈和姨父要在下午就赶回去。他们从来不在外婆家吃晚饭。很多年之后我才知道，原因不是我姨妈嘴上说的要去姨父家吃晚上的团年饭，而是我姨妈根本就不想多看赵小波一眼。不过，每年到这时候，我才会注意到，赵小波也是有父母的。但我那时也很快能看出，我姨妈不喜欢赵小波，而且，我姨妈有了第二个孩子，叫赵亮。赵亮虽然比赵小波小，但他的头不大，虽然皮肤黑了点，眼神却很明亮。看得出，我姨妈很喜欢赵亮，总是把赵亮抱在怀里，开口闭口都是"亮亮、亮亮"。当赵小波走到她面前时，我姨妈的脸色会一下子掉下来。倒是我姨父很好，我亲眼看见，当我姨妈抱着那个"亮亮"出去时，我姨父会以极快的动作将一块钱塞到赵小波衣袋里。赵小波呆呆地看着他，外婆要赵小波喊我姨父"爸爸"，赵小波就叫声"爸爸"，然后就不知道说什么了。那时候，他的头愈发显得大，大得像是刚刚被人暴打了一顿头部，使整个头都膨胀了起来。

我外婆走过来，对姨父说："这孩子没人疼，你知道他妈……"外婆说着，手就抹向眼眶了。

"我知道，我知道……"我姨父一迭声地回答。他伸手摸摸赵小波的头，然后又对我说："和弟弟玩得好吗？"

　　"当然好啊。"我回答。我当然要这么说，因为我姨父也给了我一块钱。那是我收到的最大压岁钱了。我妈妈过年只给我五角钱压岁钱的。所以我觉得我很喜欢我姨父，尽管一年就只看见他这么一次。

　　赵小波学会走路后，就特别喜欢和我一起玩，我走到哪里，他就跟到哪里。我的确不大喜欢他，我喜欢找小凯玩，但小凯已经念小学了，他每天要做作业。我那时真是羡慕，但他不允许我去碰他的课本。那天我去找他时，小凯正在家门口的泡桐树下做作业，我看着他的课本，忍不住伸手去拿。小凯像是勃然大怒，猛地站起，一下子就将课本夺过去，拿眼瞪着我，声色俱厉地说："不准碰！"

　　我惊呆了，不明白小凯为什么要这么对我。我一直是巴结小凯的。外婆给我和赵小波买的零食，我总是将一大半给小凯吃，但小凯很少给我他们家的零食。另外，我还总是将我捡到的最漂亮的烟盒纸给小凯。这时候，小凯是对我最好的时候了，他甚至会偶尔从他家五屉柜上的糖果盒里摸出一颗糖给我。我看着他将那些烟盒纸一张张展平，很小心地夹进课本。看着他那个样子，我也很想念书，念书我就有课本了，也就可以像小凯一样，将那些烟盒纸夹在书里。

　　我那时有很多烟盒纸，但只能一张张放在抽屉里。

　　但赵小波不会有念书的想法。在我看来，赵小波除了想和我一起玩外，什么想法也没有。但他做得最多的是让我生气。有一次我打死一只苍蝇，将那具尸体放在一只到处侦察的蚂蚁前面。蚂蚁围着苍蝇转了半天，嗅了半天，终于急急忙忙往墙角走。我知道，它是要回自己窝里，叫出一大队同伴，将这只苍蝇搬回去。我立刻要赵小波拿一只空掉的塑料眼药水瓶给我。赵小波把瓶子拿来了，我又要他赶紧将瓶子接满水。赵小波再次回来后，我已经跟踪那只蚂蚁并发现了它的老巢。我立刻将瓶子里的水朝蚂蚁洞挤进去。一大群蚂蚁兵荒马乱地从里面逃出来，我兴奋之极，赵小波却像是被吓坏了似的，"啊啊"几声，转身就跑。我当然不会叫他和我一起灌水，但我想不到的是，他居然进屋将外婆拉了出来。

发现我在干这种勾当，外婆一把就揪住我的耳朵，把我提拎起来。我顿时痛得不知道外婆还在骂我什么。等事情平息了，我咬牙看着赵小波，狠狠地说："你敢告状！"赵小波看着我，呆呆地发愣，脸上的神色充满惧意。"不准跟我出去！"我对他丢下这句话，一转身就去找小凯了。

小凯没有放学，只张伯伯在家。张伯伯很和善，看见我进来，就说："小凯快放学了。小波呢？没带他一起来？"

我说："我再也不想理他了。"

张伯伯笑了笑，说："他是你弟弟嘛。"

"他怎么是我弟弟？"我说，"他又不是我妈妈生的。"

张伯伯摇摇头，说："他是你姨妈的孩子，当然是你弟弟。"

"但我姨妈不要他。"我说。

张伯伯不笑了，说："小孩子别乱说话。"

"我哪里乱说了？"我不服气，"如果我姨妈要他，怎么除了过年，我姨妈看都不来看他一下？"

张伯伯说："你还不懂事。"

听了这句话我不知如何回答。不懂事？我觉得我已经十分懂事了。不过，我承认和小凯相比，我的确差了一大截，因为小凯念书了，我早上会听见他的读书声，那是他课本上的课文。每次听到小凯的念书声，我真的很羡慕。有好几次，我早上起来撒尿，总被小凯的读书声吸引过去。

我说："小凯，课本上的字你都认识？"

小凯对我嘴角一撇，说："当然认识！你别打岔。"

我讨个没趣，快快地回去。耳朵后还是小凯的读书声。

和我相比，小凯是更不怎么和赵小波玩的。因为他觉得赵小波很笨，简直笨到蠢的地步。当然，小凯的看法也是我的看法。赵小波一直很瘦，但头却越来越大，而且，我穿不下的衣服都很自然地给他穿。我暗暗感到恼怒的是，因为他的大头，我的圆领衣服他竟然套不下去，外婆得用剪刀将衣服圆领剪开，赵小波才能将头套进去。每次看到我的衣服领口被剪开，我就感到说不出的恼怒。因为衣服是我的，即使我穿不下了，但衣服还是我的，凭什么给他去穿就得剪开我的衣服领子？所以，每次看到他穿着领口被剪开的我的衣服，我就有说不出的厌憎。我决心不让他碰我的东西，像小凯不准我去碰他的课本一样。

不记得从什么时候开始，我父母周六接我回家时，我已经经常碰到一种情况了，那就是外婆会要妈妈将赵小波一起接到我家去住两天。因为我姨妈不来看赵小波，赵小波就完全是个没父母的人。他特别喜欢去我家。因为第二天是星期天，我父母会带我们去公园或其他什么地方玩，有时还会很奢侈地去看场电影。所以每到周末，他就和我一样，眼巴巴地等我父母过来。尽管不是每个周末他都会去，但为了那可能去的一次，赵小波对周末是望眼欲穿的。外婆是不是知道这点我没留神，但我是知道的，我比任何人都知道赵小波的想法。只是我没告诉外婆和父母。每到这时候，我对赵小波简直就痛恨到极点了，因为去我家，就意味他侵占了我的地盘，因为我父母会给他买花生糖和苹果——那些东西都应该是我的，现在他居然在分享。我的衣服给他穿也就算了，因为我穿不下，但我的零食怎么也要分给他吃？我的恼怒当然不敢在父母面前流露出来，只是我们单独在一起时，我会坚决不允许他碰我的任何东西。我滚铁环时，会把陀螺藏在抽屉里；我抽陀螺时，会把铁环藏到床下。在父母家的五屉柜里，我还有把塑料驳壳枪，枪把上挂了很长一根红绸。这是我最喜欢的玩具，也是赵小波最想拿到手上的玩具，因为他和我一样，最喜欢《平原游击队》的电影，尽管电影里的李向阳是双枪，我只有一把，但足够我摆出李向阳的威风了。每次回家，我的第一件事就是把驳壳枪拿出，将手臂猛地一扬，看那根红绸摆动。这时候，赵小波就蹭到我身边，我知道他很想我把驳壳枪交到他手里，但我就是不给，还十分得意地在他面前摆弄。我每次都会对赵小波说："去！到桌子后面去。"赵小波很听话地去了。我举起枪，对他左瞄右瞄，然后嘴里"叭"的一声，赵小波听到后，必须应声而倒。家里屋外的所有地方，都是我"枪毙"赵小波的地方。赵小波一次次被我"击毙"，又一次次活过来。活过来也只是为了再一次被我"击毙"。

当然，每次回家，我最不能忘记的事情就是带赵小波去外面捡烟盒纸。当我把赵小波"枪毙"到不想"枪毙"的时候，我就带着他一起出去，到街道上东寻西找。也许童年就是一条漫长的街道。街上的东西不管是什么，都会被童年准确地发现。树叶、烟头、糖纸、野酸枣、子弹壳，还有那些五颜六色的烟盒纸，有什么能逃过我们的眼睛？当然，我们捡到的东西统统会到我手里。子弹壳和烟盒纸是我全部要留下的，分给赵小波的只有几粒野酸枣。当我们回家后，我就要赵小波把烟盒纸一张张展平，我就充当十分仔细的检查员。那些烟盒纸不能有一个折角，全部要展平。

我问赵小波："你觉得哪张最好看？"

"有焰火的最好看。"赵小波说。

我同意赵小波的看法，有焰火的那张是种叫"礼花"的烟。整张纸是深红色的，上面一朵礼花升起，开出一片焰火，很像过年时的花炮在半空炸散。它的确最好看。我就把那张留下来，盘算着星期一去外婆家后给小凯。我要把最好看的给小凯。因为他比我大，因为他念书了，因为他认识了很多字，更因为他要在他同学面前炫耀。如果他同学知道他最好看的烟盒纸是我给他的，那我会多么得意啊。

到周一早上，父母在上班前将我和赵小波送到外婆家。我手里紧紧抓住这两天捡到的一沓烟盒纸。赵小波什么也没有，我知道他和我一样，喜欢这些烟盒纸。但我不会分给他一张，除了给小凯的之外，其余的都是我的。既然是我的，当然就不会是赵小波的。在这个世界上，赵小波什么都没有。连爸妈都没有。我当然不会把他放在眼里。

中午小凯放学回家，我那时已经在他家里等他了。小凯一进来，把书包一扔，就问："捡到什么烟盒纸了？"

我赶紧把手中的"礼花"烟盒纸给他，说："这是最好看的。"

小凯伸手拿过去。我发现我有点紧张地看着他，很怕他会不喜欢。小凯先是一愣，脱口说："礼花？"我赶紧说是礼花。但小凯马上又有点不高兴，说："怎么不新啊？"

我赶紧说："昨天和赵小波捡了一天，才见到这张，是最好看的。"

小凯总算点头了，说："漂亮是漂亮。在我们班上，'礼花'是最高级的烟盒纸。但这张太旧了，你只捡到一张？"

我说："只有一张。"

"好！"小凯说出的这个字像是表扬我。他从书包里掏出语文课本，里面每页都夹着他收藏的烟盒纸。他一页页翻看，终于将里面的一张"银象"拿出来，将"礼花"夹进去。课本刚合，他又迟疑一下，再打开课本，将"礼花"拿出来，放在整本书的第一页，然后把刚拿到桌子上的那张"银象"递给我，说："这张给你。"

我现在最多的烟盒纸就是"银象"了，但这张是小凯给我的，那就太不一样了，我接过去，心里高兴得要命。我觉得小凯对我太好了。

赵小波也喜欢烟盒纸。这是非常自然的。我喜欢什么，他就喜欢什么。但他一张烟盒纸也没有。他帮我捡到的已经不少了，但还是没一张是属于他的。他有时会忽然鼓起勇气问我，可不可以给他一张"银象"？这是最常见的烟盒纸了。我其实有点想给他一张，但一看见他剪开的衣服领口，顿时就不高兴了，说："你要干什么？"

赵小波不敢再开口，我恶作剧的心思突然一涌，说："那给你一张。"

赵小波立刻看着我，眼神一亮，居然有点像他的弟弟赵亮了。

我从抽屉里拿出一张"银象"，说："给你。"

赵小波伸出手，刚刚想接，我忽然将那张烟盒纸从中间一撕，对他说："看，给你两张了。"

赵小波看着我，刚刚亮起来的眼神一下子黯淡下去，我感觉他想哭，就说："你想哭？你哭什么？我的衣服你不是都要剪烂了才穿？"赵小波真的哭起来了。

我看见他眼泪往下流，更加不耐烦了。外婆出去买菜了，很快就会回来。如果外婆看见赵小波在哭，肯定又会骂我一顿。

"不准哭！"我立刻说。

赵小波不看我了，低着头，像是在用力收住眼泪。

"还有，"我继续说，"不准告诉外婆，你要是告诉了，我就再也不带你出去玩了。"

赵小波抽抽噎噎，抬头看了我一眼。我发现他那个头大得实在难看。他怎么就有那么大一个头呢？我跑到小凯家里，告诉他我给赵小波烟盒纸的经过。小凯听后，笑得肚子都捂紧了，我也跟着笑，然后我问小凯："你们班上的同学有谁的头有赵小波那么大？"

"没有，"小凯摇头说，"赵小波难看死了！"

小凯都这么说了，我就觉得我讨厌赵小波也是应该的。我真的很不喜欢赵小波老是跟着我。他明明知道我不喜欢他，明明知道我讨厌他，可他还是要跟着我，就像他的鼻涕老是要跟着他的嘴巴一样。

"你就在家里待着！"不记得从哪天开始，我三天两头地就对他说这句话。开始他还听话，果然待在家里，但过不了几天，又要跟着我出去玩了。我要是哪天能够彻底摆脱赵小波就好了。

这一天很快就来了。因为我也开始读书了。我还记得我念小学的学校名，叫作"东方红小学"。事实上，这个学校对我的吸引力一直就非常大，因为小凯也在这个学校念书。好几次我都想跟小凯去"东方红小学"看看。小凯总是不屑地说："你去看什么？你又不是学校的学生。"

我不作声了。小凯说得对，我不是学校的学生，我有什么资格去学校里看？那个学校离外婆家不远，所以我有时会偶尔路过那里。我很想进去看看，但学校的大门是关着的，我没办法进去。所以我真的很羡慕小凯。

现在我是学校的学生了。

开学第一天，我领到了崭新的语文和算术课本，而且语文老师还教我们认了语文课本上第一课的字。

那天一回来，我做的第一件事就是把抽屉里的烟盒纸一张张夹进语文课本，像小凯做的那样。

赵小波看见我将烟盒纸夹进课本，也凑上来，我更加鄙夷他了，手一挥，说："你看什么？里面的字你认识？"

赵小波不敢说话了。他认识的字只有烟盒纸上的字。那还是跟我和小凯看多了听多了才认识的。我抬头看着他，心里很是看他不起。我打开语文课本，翻开到第一课，指着上面的字说："你看看，你认识几个？"赵小波凑过大头来看。上面的字他不认识一个。我就一个字一个字对他说："告诉你，这几个字是'我爱美丽的祖国'！"说完后，我更加鄙夷地看着赵小波。赵小波也抬头看我，眼神有点发亮。"我爱美丽的祖国。"赵小波跟着念了一遍。看得出他还想再念，我坚决地把课本收回去了。我没办法喜欢他那个大头，因为在进学校的这天我就认真注意了，和我一个班读书的同学就像小凯说他们班上的同学一样，没有一个头是大到有赵小波这么大的。赵小波现在快五岁多了，但那个头几乎有大人那么大。但按我的估计，怕是大人也没他那么大。尤其可恶的是，他还是穿着我穿过的衣服。我早听外婆对我妈妈唠叨过，我姨妈每个月只给外婆寄五块钱充当赵小波的生活费。

对我姨妈来说，赵小波不是儿子，仅仅是每个月的五块钱。

我外婆还跟我妈妈唠叨，等赵小波到上学的年龄了，不知道我姨妈会不会给赵小波寄学费？如果我姨妈不寄，怕给赵小波交不起学费。我妈妈说，如果我姨妈不寄的话，就由她来出这个学费。我听见了，更加不高兴。我外婆又说，不知道赵小波以后会怎样，毕竟不能带他一辈子。

不过现在还轮不到赵小波上学。我已经读书了，真就摆脱赵小波了，最起码，在我去学校的上午和下午，赵小波是不可能跟着我去的。中午我放学回家，赵小波会马上到我身边来，但我这时可以手一挥，大声说我要看课本了，赵小波就不敢跟着我到里面房间。我还发现，外婆也不护着赵小波了。她觉得我的念书比什么都重要。如果赵小波胆敢对我纠缠，外婆这时候的训斥就已经是针对赵小波了。

我去小凯家时，赵小波还是想跟着去，我就会大声故意地说给外婆听，说我去小凯家是问他学习上的问题，不是去玩。外婆当然就不准赵小波跟我去了。但我到小凯那里，也只是和他玩子弹壳。我一直忘记说了，小凯玩子弹壳很厉害。我们的玩法是将自己的子弹壳竖在远处，另一方就用自己的子弹壳瞄准后掷出去，如果将竖着的子弹壳命中击倒，那就可以将对方的子弹壳赢走。我很少能赢小凯，十回有九回是我输。有一次我带了十个子弹壳，结果全部输给了小凯。在输掉第十颗子弹壳的时候，我感到自己已经有点想哭了。我看着小凯，说："能不能还给我一个？"小凯鼻子一耸，说："这是你输给我的，有本事你赢回去。"他一说完，就将两手的子弹壳磕磕碰碰地弄出一片响声，还对我做个得意的脸色，然后将子弹壳全部放进衣兜。小凯接着又说了句，"要是你哪天给我一张全新的'礼花'，我把这十个子弹壳都还给你。"那一刻，我感到全所未有的委屈，比外婆骂我时还委屈。我知道小凯不会给我。我离开他家，终于哭了起来。我真的很难受。那些子弹壳我攒了多久才攒到十个，就这么被小凯几分钟赢走了。我到哪里找得到全新的"礼花"？那一刻，我突然有点恨小凯了。但我知道，如果我想赢回那些子弹壳，我就得到街上到处找。但我没那么多时间去找，我回家后就立刻命令赵小波出去给我找子弹壳。赵小波对我的命令从来不敢违抗，于是就出去找子弹壳了。

但那时候已经很难捡到子弹壳了，倒是烟盒纸每天能捡到。赵小波每天会捡五六张烟盒纸给我，但子弹壳却是一星期也捡不到两颗。我对子弹壳越来越不想输，就和小凯定下新规矩，如果他击倒我的子弹壳，我的子弹壳不输给他，就用我最好的烟盒纸来代替。至于什么是最好的烟盒纸，除了"礼花"，就得让小凯从我课本里随意挑选了。我觉得特别沮丧的是，除了那次我捡到给小凯的"礼花"外，居然再也没捡到这个牌子的烟盒纸。

上学之后，我和赵小波捡到的烟盒纸就不再都给小凯了，因为我们班上的男同学也个个在收集烟盒纸。很让我觉得难受的是，我的语文课本打开，十张有九张是最普通的"银象"，我的同学不是这样，他们有的甚至没有一张是重复的。最开始，我一度以为我的烟盒纸是最多的，也是最漂亮的，但和同学一比，我的其实是最寒酸的，也是最单一的。我有点受不了这个。我对赵小波越来越不耐烦，因为他每天都会捡到"银象"。但我要那么多"银象"干什么？有一天我终于忍不住了，当赵小波又将几张"银象"给我时，我接过去一把就撕了，对他大声说："没见过你这么蠢的！你怎么就捡不到别的？你给我记住，我一张'银象'也不要。哪天你捡到一张'礼花'，我给你二十张'银象'！"

赵小波看着我撕在地上的烟盒纸，嘴巴撇了撇。我更加感到恼怒，说："你又想哭是不是？不准哭！"

赵小波果然没哭，我狠狠地推他一把，说："还不出去给我捡'礼花'去！"

赵小波出去了，回来时什么也没捡到。我当然也没存指望。不过我知道，如果哪天赵小波真的捡到一张"礼花"给我，我肯定会给他二十张"银象"。他现在连一张烟盒纸也没有，因为他没地方藏，也不敢不给我。能够有一张"银象"，他也肯定会高兴的。

没想到，赵小波手里真就出现了一张"礼花"。

又到了春节，那是一九七九年。我父母到外婆家吃团年饭，我姨妈和我姨父也带赵亮来了。赵亮会走路了，但我姨妈还是要抱着他。照例，我姨父又偷偷背着我姨妈给我和赵小波各塞了一块钱压岁钱。赵小波叫了我姨父一声"爸爸"，但他没去叫我姨妈"妈妈"。不是他不想叫，而是我姨妈根本就不给他机会。我姨妈只顾着抱赵亮，左一声"亮亮"，右一声"亮亮"，好像打算叫上一辈子。那个"亮亮"很喜欢找我和赵小波玩，但我姨妈只准他和我玩，还不准赵亮叫赵小波"哥哥"，只能叫赵小波。赵小波想接近赵亮，但是不敢。在我姨妈眼里，从来就没有赵小波。另外还有件事我也注意到了，当赵小波将筷子伸到饭桌上远处的一碟菜时，我姨妈会狠狠地敲一下桌子。赵小波就除了自己面前那个菜之外，再也不敢去吃其他的菜。当我外婆给赵小波夹些其他的菜时，我姨妈就脸色沉沉地说："妈，你怎么这么惯他？"她一边说，一边瞪着赵小波。那个眼神连我看了都怕。我姨妈接着说："我这一辈子就是让他给毁了！"赵小波听到这句话，就只大口吃饭，根本不敢去看我姨妈一眼。

吃过饭后，我姨妈和姨父就带着赵亮走了。

因为是大年三十，我父母留下来陪外婆说话，我当然就去找小凯他们玩。因为我父母都在，还因为姨父给了我一块压岁钱，所以这一天我是不讨厌赵小波的，于是我带他一起去找小凯。小凯早就到巷子外和一帮同学在玩了。我没办法忘记，当我和赵小波正打算过去之时，一个不知从哪里冒出来的男人把我们堵住了。我虽然是第一次看见他，但只要一眼，我就忘不了他。首先是因为他穿得和别人特别不一样，我从来没见过那样高级的衣服，居然是带毛领的军大衣，除了在电影里见过，我没看见有谁能够在冬天穿上军大衣；其次他和赵小波一样，也有个大得出奇的头。他把我们堵住后，就蹲下来看着赵小波，看得非常仔细，然后又看看我，问道："××街12号在哪里？你们知道吗？"

我一愣，说："知道啊，是我外婆家。"

那个大头男人眼神亮了起来，赶紧要我们带他去。他总看着赵小波，然后站起来，将我和赵小波牵住。我不想回去，就说我要去和小凯玩。我把他的手挣脱，让赵小波带那个大头男人去外婆家。那男人就索性将赵小波抱起，说："你带我去？"

赵小波点点头。我懒得去看他们，就往巷子口去找小凯他们了。

那天，我和小凯他们玩到快傍晚时才回去。一进门，我就感到非常奇怪。那个问门牌号码的大头男人还在，更奇怪的是，赵小波居然坐在他的腿上。我外婆和我父母都坐在他对面。大头男人在抽烟。我一眼就看见了，在他旁边的桌子上有一盒烟，烟盒纸红红的，上面写的竟然是"礼花"两个字。我突然都感觉到自己的心跳了。我飞快地瞄一眼，那盒烟已经快抽完了。这张烟盒纸我真的太想要了。

见我进来，大头男人对我笑了笑，然后又看着我外婆，声音很慢地说："既然您不反对，我今天就带小波走了。我知道这几年您太辛苦了，唉！当年下放，没想到因为一次醉酒，犯下那样挽不回的错误。我也因此被抓……本来家里成分就不好……我对不起小波妈妈。她恨我，我知道……而且，她那个性格……我是了解的。几个月前我才从牢里出来，辗转找到小波妈妈，才知道有了小波。现在政策开放了，我爸妈都希望我带小波去美国。我希望在小波身上，我能赎回当年犯下的罪孽。"

外婆抹着眼眶，说："好，好，你带小波走吧。这些钱我不要，就算是我这个外婆给小波读书时用的吧。"我才看见桌上除了那个红色的烟盒外，还有一沓用报纸包住的东西。那里面是钱吗？

他们的话我不大明白，这场景也让我不知所措。我只是感觉，有件大事发生了。我赶紧走到妈妈身边站着。那大头男人对我笑笑，然后低头对赵小波说："这就是你哥哥？"

"嗯。"赵小波说，"他是我哥哥，我喜欢哥哥。"

我听了这话，不知说什么话才好。

大头男人对我笑了，又对赵小波说："哥哥总是带你玩，是不是？"

赵小波回答，"哥哥带我玩，哥哥还教我认字。"

"哦？"大头男人说，"他教你认了什么字？"

赵小波继续回答："哥哥教我认他课本里的字。我已经认识七个字了。"

"哪七个？"

"我爱美丽的祖国。"赵小波说。

大头男人笑了，说："那真是好。"然后又说："那你要爸爸给他什么礼物呢？"

大头男人居然是赵小波的爸爸？我听了惊讶万分。赵小波的爸爸不是我姨父吗？

赵小波说："哥哥最喜欢'礼花'的烟盒纸了。"

"喜欢这个？"大头男人把桌上的烟盒拿起来。赵小波又"嗯"

一声。大头男人将烟盒倒了倒，将里面剩下的两根烟倒出来，将烟盒递给赵小波，说："那你去给你哥哥。"

赵小波从大头男人腿上跳下来，将那个"礼花"的烟盒递给我。他这时的脸上有种我从没见过的表情。我说不出来那是什么。我只知道，我面对的这些无法理解，我不知道究竟发生了什么事。我呆呆地从赵小波手上接过烟盒，竟然没有了我以为的狂喜。

那天晚上，吃过晚饭后，小凯来找我出去放鞭炮。小凯很少来主动找我，尤其是大年三十的晚上，总是我去找他。大概是他觉得奇怪，怎么这么晚了，我还没去找他。当他从外面进来，一眼就看见我手中拿着的"礼花"烟盒纸，就惊叫一声："啊！全新的！喂！你哪里弄来的？给我！"

我立刻把手一缩，说："不给！"

小凯愣住了，一时不知该说什么。然后说："那……我用十个子弹壳来跟你换。上次我说过的。"

我把手完全缩到背后，说："我不换。这是赵小波给我的。"

"赵小波？"小凯左右一望，说，"咦？怎么没看见他？他出去玩了？"

一股突如其来的悲伤在我心里蓦然涌起。我不知道为什么，突然就哭了起来，说："他和他爸爸走了。我不换！我不换！"

第一次，小凯看着我的脸上布满了惊讶。

我自己到很多年后才终于明白，我之所以不肯将这张烟盒纸和小凯换子弹壳，我之所以会突然哭起来，是因为赵小波永远地离开我了，那是我第一次模模糊糊地体会到，有一些永远其实非常残酷。

后　记

这是我的第一部中短篇小说集。

在熟悉我的读者眼里，总以为我是以诗歌进入写作的。其实这是误解，我是通过小说走上写作之路的。

下决心这辈子要写作，还是在背影都已看不见的 1984 年，那年我读初二，因为作文写得好，被语文老师连续做范文朗读，竟然萌发了要当作家的愿望。20 世纪 80 年代中期，正是武侠小说流行的年头，我也懵懵懂懂地开始写武侠小说，第一部小说写了七万字，第二部竟然写了二十八万字，已经是不折不扣的长篇了。写完那部长篇时，我正好初中毕业。

然后就是高中，学业紧张，没那么多时间写小说了，转而开始写诗歌。

高一那年，发表了我平生的第一篇文字，是篇散文。兴奋之下，写作变得疯狂。

从那时开始，一直到 2002 年，几乎只写诗歌，甚至觉得，除了诗歌，其他的文体都不值得去写。不过奇怪的是，我读书的重点一直是西方的古典小说，而不是诗歌。

再次尝试写小说，也就是 2002 年。总觉得写作的文体不应该单薄，终于开始再次写小说，将完成的《家猫》和《去买把水果刀》寄给《大家》杂志社，出乎意料，两个月后竟接到当时该刊主编韩旭先生的电话，告诉我两个短篇都将发表，那一刻的兴奋至今记忆犹新。随后一年，写作的兴趣都在小说上，只是一年下来，完成的小说还是不多，而且，经过一番尝试，终于觉得短篇小说实在难写，写作重心不知不觉地重新回到诗歌之上。

不过，有了开始，总还是会不断地写些小说，更没料到的是，我最初出版的两部书也是小说，而且都是长篇，所以，不论兴趣如何，小说总是在写。同时我也体会到，对一个写小说的作者来说，长篇出版相对容易，想出版短篇小说集真的还是艰难。至少对我而言，从 2002 年写下第一个短篇至今，已是十多年时间过去，现在终于有了出版中短篇小说集的机会，由衷感激这些生命中的缘分。

收入这部小说集的也是这十余年来的一些作品。像所有的作家一样，我十分珍爱这些用心写下的文字。无一例外，它们来自我的虚构，只有些细节来自我的经历和亲见。我写不了完全陌生的，也做不到写彻底真实的，大概这也是小说隐含的某种要求。事实上，每种文体有每种文体的要求，我能做的只是服从，所以，读者在这部书里看不到手法的新颖，看不到魔幻和后现代的技巧。我总觉得，写作本身要求的，是一种脚踏实地的生活反映，作者的性格也会决定他写作的取向。时至今日，我最强的体会是，短篇小说是所有小说类型中最难把握的，如何写好，要求的是写作者的全力以赴。

我愿意说，我对小说全力以赴了，还将继续全力以赴地写下去。

远　人

2019 年 12 月 5 日凌晨于深圳